JN121986

王妃様が
男だと気づいた
私が、全力で
隠蔽工作させて
いただきます！3

王妃様が男だと気づいた私が、全力で隠蔽工作させていただきます！3

梨　沙

R　I　S　A

一迅社文庫アイリス

CONTENTS

グレース・ラ・ローバーツ

ラ・フォーラス王国の王妃で、絶世の美少女。
小国の姫だったが、
国王に見初められ妃となった。
実は女装をした少年。
カレンを気に入っている。

ヒューゴ・ラ・ローバーツ

ラ・フォーラス王国の国王。
長身の美丈夫で、豪快な性格。
覆面作家ジョン・スミスとして
執筆活動をしている。
カレンを気に入り口説いている。

カレン・アンダーソン

王妃の秘密を知り、
王妃付きの侍女となった
辺境の村出身の少女。
元気で表情がコロコロ変わり、
喜怒哀楽がわかりやすい。
覆面作家ジョン・スミスの本を
愛読している。

トン・ブー

王妃に飼われているブタ。
頭が良く好奇心旺盛。
普通のブタよりも小さな種類。グレースの友人。

ヴィクトリア・ディア・レッティア

公爵令嬢で、ヒューゴの元許嫁。
金髪、青い目の美女。
ジョン・スミスの本を愛読し、カレンとは読友。

レオネル・クルス・クレス

ラ・フォーラス王国の宰相。
もともとは黒髪だが、ストレスで白髪となった。
苦労性で「胃が痛い」とよく倒れている。

マデリーン・ラ・ローバーツ

ヒューゴの姉（王姉）。
公爵家に嫁いだが、夫と死別した。
社交界の中心的人物。

カシャ・アグラハム

異国の皇子で、現在はハサクと名乗り
グレースの護衛をしている。
白い仮面をつけている。

《 用語 》

ラ・フォーラス王国

緑豊かな広大な国土を持つ大国。
領土問題で帝国と小規模な争いがあるが、
現在はほぼ膠着状態。

イラストレーション◆まろ

序章　侍女が今日も噂の的らしいですよ！

ラ・フォーラス王国には、今世紀最大の才女と噂される娘がいた。

毒の酒が市中に出回らないよう阻止した功績で栄誉ある花章を受けたその娘は、ドレスに革命を起こしたばかりか炊事洗濯の効率化に一役買う商品を発案、王妃と王の元許婚の命を救ったうえ、不仲説が流れていた高貴な二人の女性の仲を取り持ったという。

貴族たちはこぞって後見人に名乗りをあげ、花の都と呼ばれる王都は彼女の話で持ちきりだ。

彼女は王妃が避暑の折、才覚を見いだし連れ帰った特別な侍女である。

「そのカレン・アンダーソンが！」

今日も今日とて王都では、景気よく号外がばらまかれる。

「偶然部屋に居合せ、異国の皇子を無頼漢から助けたっていうじゃないか！　皇子は涙ながらに礼を言い、ぜひにとご自分の護衛を、彼女の主である王妃様に差し出した！　さあさあ、詳細は号外に！　明日の新聞には特集が掲載されるよー‼」

新聞屋の威勢のいい声に、空を舞う号外を鷲づかみにした男が苦笑を向ける。

「それじゃただの厄介払いだろ。役に立たない護衛を押しつけられたんじゃないのか？」

「これだから素人さんはいけねえや。皇子が差し出したのは側近中の側近、黒炎刀で鉛玉すら真っ二つにする剣豪さ。皇子の窮地に遅れて駆け付けたとはいえ、見事に無頼漢を討ち取って事なきを得たんだ。護衛様々ってわけよ」

噂はとかく大げさになりがちだ。護衛が持つ飾り気のない剣にはそもそも名前などないし、鉛玉を真っ二つにするなんて特技もない。それに、異国の皇子は彼の護衛に助けられたという筋書きだったのに、カレンが同じ部屋にいたせいでおかしな具合に広まっていた。

新聞屋は新聞を売るために、華々しく脚色した〝事実〟を語る。

「それにな、皇子を助けたカレン・アンダーソンにはもう一つ、とんでもない秘密がある」

いったん言葉を切り、新聞屋はもったいぶって声をひそめた。

「なんと、国王陛下と深い仲なんだ」

「まさか」

「宰相家の侍女から聞いた確かな筋の情報だ」

「王妃をお迎えしたばかりだろ？」

驚倒する男に新聞屋はにやりと笑い、いっそう景気よく号外をばらまいた。

「さあ、王家はじまって以来の禁断のロマンスだ！　国王陛下と王妃様付きの侍女の秘めたる恋！　読み損ねるなんて手はねえぜ‼」

弾む声が青空に響いた。

第一章　王妃殿下が嫉妬中らしいですよ！

1

巷では不謹慎な噂が広がっているらしい。

幼い王妃は婚礼直後に避暑で王都を離れるほど体が弱く、貴族たちは第二王妃を迎えるよう要求したが、王はそれを拒否した。その理由が今をときめく侍女に懸想しているからだとか、実はすでに相思相愛だとか、王妃も公認だとか、まことしやかにささやかれているのだ。

けれど、渦中の娘はというと。

「動きなさい、トン・ブー!!　あなたの大好きな散歩よ!?　今このときを逃したら今日はもう外に出られないのよ！　わかってるの!?」

トン・ブーは小人豚である。しかも、王妃であるグレース・ラ・ローバーツの愛玩動物のため、城内を好き勝手に歩き回る。が、外に行くにはカレンの同伴が必要だ。

「なんで今日に限っていやがるのよ!?」

いつも命がけで階段を駆け下りるブタが、今日は渋々とカレンについてくる。

外に出た瞬間、冷たい風に身をすくめた。

（原因はこれね!?）

先日支給された冬用のお仕着せ(メイド服)のおかげでカレンは平気だが、トン・ブーは地肌の色が透けて見えるほど短毛だから、秋風が堪(こた)えるのだろう――そう同情していたら。

「ぎゃー!!　トン・ブー!!　止まって、止まって――!!」

しばらく外を歩いていたら寒さに慣れたのか、いきなり全力で走り出した。赤い胴輪に繋(つな)がった紐(ひも)がぐんっと引っぱられ、カレンは前のめりになる。

紐を放せば転倒はまぬがれる。けれど、手首に巻き付いてとっさにはずれない。

（転ぶ……!!）

刹那(せつな)、背後から伸びてきた腕がカレンの腹部に回り、ふわりと体が宙に浮いた。

「大丈夫か？」

すとんと足が床につく。耳元でささやかれてカレンは反射的に肩をすぼめる。低く落ち着いた声。甘さを含んだその声に、動揺以上に鼓動が跳ね上がった。

「だ、だ、大丈夫です、陛下……!!」

淑女(レディ)は大きな声をあげてはならない。ましてやカレンはただ一人の王妃付き侍女だ。見苦しい振る舞いをすれば、グレースの評判まで悪くなってしまう。

そうわかっているのに、低く笑う吐息に首元をくすぐられ、声がうわずってしまった。

右腕でカレンを抱きとめ、左手で胴輪を繋ぐ赤い紐をつかんだ彼は、大きく節くれだった手を赤い紐から移動させ、カレンの手を包み込んだ。

（う、わあ……っ）

冷たいカレンの手を愛おしむように触れる指。それだけで全身が震えた。

「ひ、人に見られたら誤解されます」

赤面しながらも訴えると、ヒューゴは手を放すどころかぐっと力を込めた。背中から包まれるように抱きしめられ、密着した体から熱が伝わってくる。

逃げ出したいと思うのに、体がうまく動かない。

「最近、城を出たか？」

王妃付きの侍女がカレン一人のため、明確な〝休日〟は存在せず、外出は滅多にしない。戸惑いながら「いいえ」と首を横にふると奇妙な間があった。

「――まあ、いずれわかるか」

引っかかる物言いとともにヒューゴがカレンを解放する。

寂しいと感じた自分に狼狽え、慌てて紐を持ち直しヒューゴに向き直った。

「助けていただきありがとうございます、陛下」

「そろそろ観念して〝ヒューゴ〟と呼んだらどうだ」

「お、……恐れ多いことでございます」

「頑固者め」

悪態が甘い。目を伏せ礼をとっていても、熱のこもった眼差しを感じ、鼓動がますます乱れてしまう。ぎゅっと唇を噛むカレンは、花壇に顔を突っ込んで健気に咲いている白い花を片っ端から引っこ抜くトン・ブーにぎょっとした。

「食べちゃだめって言ってるでしょ！　こら！　トン・ブー!!」

叫んで紐を引いたカレンは、ヒューゴの快活な笑い声にわれに返る。

「相変わらずトン・ブーの散歩は大変らしいな。これからは俺が供をしようか？」

「滅相もない」

「休憩時間の気晴らしだ。それに、お前たちが外を歩き回っていると仕事が手につかない」

うるさいという意味ではない。声色や表情から、純粋に一緒にいたいのだという意図が伝わってくる。

（な、な、流されちゃだめよ、カレン・アンダーソン。陛下は一国の王で、私は田舎から出てきた一介の侍女。侍女なんだから！）

「部屋まで送ろう」

「ありがとうございます。ですが、厨房に寄るので陛下は執務にお戻り、く、だ……っ」

言い終わる前に紐が強く引っぱられ、カレンの体が前のめりになった。

（このブタ――!!）

とっさに踏ん張ったが、偶蹄類のケダモノは、二足歩行の脆弱な人間よりはるかに力が強く、まったく歯が立たない。再びヒューゴが紐をつかんで足を踏みしめると、びんっと音をたてて胴輪が引き戻され、トン・ブーの体が大きくのけぞった。

さりげなくカレンの肩を抱き寄せ、ヒューゴが笑みを向けてきた。

「厨房に行くなら俺がトン・ブーを預かろう」

少年のように得意げな表情でヒューゴが提案してくる。

（ずるい！　どうしてそういう顔するんですか！）

魅惑的な姿を直視できずうつむくと、ヒューゴが喉の奥で低く笑った。

甘い毒のような笑みに囚われ、カレンはきゅっと肩をすぼめる。ヒューゴにうながされるまま城内に入り、もっと散歩がしたいと不満げにドスドスと足を踏み鳴らすトン・ブーを預けて厨房でお茶のセットを頼む。すると、総料理長が愛想よくクッキーをすすめてきた。

「用意するからちょっと待ってろ。……そういえばリュクタルから来た護衛だが」

ぎくりとしてしまう。

（まさか皇子がハサクさんの格好のままなにかやらかしたの⁉　王城の侍女はほとんどが名のある貴族のご令嬢だって言ってあるのに！　下働きの使用人だって良家のお嬢様がほとんどだからちょっかい出しちゃだめだって言ったのに‼）

「ハサクさんが、どうかされましたか」

平静を装って尋ねると、クッキーを皿に盛りながら総料理長が口を開いた。

「あいつに出してる料理の味つけ、ちょっと独特だよな？」

「リュクタルの料理は香辛料をたっぷり使うんですが、ここでは手に入らないので代用品で近い味を再現してるんです。よければ、皆様の口に合うよう調整しましょうか」

「おお！　頼む！　残りものを少しつまんだんだが、味はいいのに癖が強くてな」

さすが料理人、探究心が旺盛だ。

〝ハサク〟が問題を起こしたのではないと安堵したカレンは、夜に一度顔を出すと約束し、お茶のセットを受け取ってヒューゴとともに王妃の私室へと戻った。

そして、本を胸に抱いたまま、うつらうつらしているグレースを見て悲鳴をあげた。

正確には、グレースに今まさに襲いかかろうとする仮面の男に絶叫した。

「なにしてるんですか！」

カレンの声にグレースがはっと目を開け、仮面の男が舌打ちする。部屋に飛び込んだカレンは、大胆に胸がはだけたグレースを庇うように仮面の男の前に割り込んだ。一方のヒューゴは、室内を覗き込もうとする近衛兵を軽く制し後ろ手にドアを閉めた。

「寝苦しそうにしていたから、楽にしてやろうとしたまで」

仮面の下が笑み崩れるのが想像できる声色だ。のっぺりとした仮面のせいで正体不明なこの男は、海を越えた先にあるリュクタルという国の元皇太子候補カシャ・アグラハムで、紆余曲折の末、護衛のハサクと入れ替わってラ・フォーラス王国に残った変わり者である。

入城半日で幾人もの令嬢を部屋に連れ込んだ猛者だが、想いを寄せていた娘と死に別れ、傷心をかかえしばらく塞ぎ込んでいた——はず、なのだが。

(侍女に手を出してないだけで女好きのままじゃない！ 全然変わってないじゃない!!)

「グレース様、ご無事ですか」

お茶のセットをカシャに押しつけ、グレースを立たせて寝室へ誘導する。「見られました？」と小声で尋ねると、乱れたドレスをかき合わせながら「大丈夫」と返ってきた。

(あの人、いつの間に戻ってきたの？ あと一歩遅かったらバレてた……!!)

グレースは十五歳と若いが、絶壁と表現したくなる胸は〝幼い〟という一言で片づけるには不自然だった。

それもそのはず、王妃としてラ・フォーラス王国に嫁いだ異国の姫は、亡き姫の遺志を継いで身代わりとなった〝少年〟だったのだ。それを知るのは夫であるヒューゴと侍女のカレン、宰相のレオネル・クルス・クレス、ヒューゴの元許婚であるヴィクトリア・ディア・レッティア、さらに主治医である宮廷医長の五人だけ。

王妃が男で、しかも偽物であることは、けっして公にしてはならない秘密だった。

「本が退屈なせいだわ」

手早くドレスを直しているカレンの耳にグレースの悪態が届く。彼女が読んでいたのは、カレンが聖書とあがめるバーバラとアンソニーの身分差の恋を描いた大衆娯楽小説、通称〝バラアンシリーズ〟の第二巻だった。

「第二巻は恋の駆け引きがもっとも際立つ名作中の名作じゃないですか！　アンソニーへの恋心を自覚するバーバラと、バーバラに近づく男に嫉妬するアンソニー!!　恋愛小説の醍醐味じゃないですか!!」

「まだるっこしいわ」

「もどかしいんです！　じれったいんです!!」

言い方のせいで印象がまるで違ってしまうのが歯がゆい。必死で訴えるとグレースが溜息を返してきた。バラアンの素晴らしさを力説しているうちにグレースの身だしなみが整った。

カレンが差し出した扇を受け取ったグレースが、一つ息をつくなり応接室に戻る。

応接室には、仮面の男がちょこんと正座する不可解な光景があった。

「なにをしてらっしゃるんですか」

グレースの問いに「反省させているんだ」と答えたのは、椅子に腰かけ仮面の男を睨むヒューゴだ。そろりと仮面の男が顔を上げた。

「余は親切心で……」

「では俺も、お前の国が戦渦に巻き込まれないよう〝親切心〟で断罪してやろう。わかっているのか、カシャ・アグラハム。お前はすでにリュクタルの皇子ではなく、ラ・フォーラス王国の王妃の護衛だ。その行動如何で祖国に害が及ぶことを覚えておけ。それはそのまま、お前と入れ替わってリュクタルに戻った者にも害となる」

仮面の下で唇を噛みしめているのが想像できるほど項垂れて「わかった」とくぐもった声が返ってきた。

「それから、今後、周りに人がいようがいまいが一切しゃべるな」

「なぜだ！　余は王妃の私室以外では極力黙っておるぞ！」

抗議しながら仮面を剥ぎ取る。リュクタル独特の褐色の肌に灰色の瞳が不満をあらわにヒューゴを睨んだ。

「この仮面とて、息苦しいのを我慢して仕方なく身につけているのだ。この上しゃべるなとは、あまりに横柄な物言いではないか！」

「皇子、この件に関しては全面的に陛下のお言葉が正しいです」

カレンは頭痛を覚えながら割って入った。

「どこであっても油断すべきではありません。皇子が交流を活発にされていたため、ご尊顔を記憶している者が多くいます。護衛の者が一切しゃべらなかったことも、皆は印象深く覚えているでしょう。回避できる危険はあらかじめ回避すべきです」

これはカレンが自分自身に向けた言葉でもあった。グレースの正体は、隠し通さねばならない重大な秘密だ。いくら王妃の私室でも油断すべきではなかった。

いつになく真剣なカレンに、盛大な溜息が返ってきた。

「わかった、わかった。そううるさくさえずるな。その代わり、これ以降、そなたも余のことを皇子と呼ばずにハサクと呼べ。わかったな」

「はい。ありがとうございます、皇子」

とっさに呼んではっと口を閉じると「それ見たことか」と、リュクタルの皇子あらため〝ハサク〟が苦笑とともに仮面をつけ直した。

恐縮するカレンは、直後、ヒューゴの柔らかな眼差しに気づいて慌てて顔を伏せた。

グレースはヒューゴを睨み、彼の肩をぐいぐいと押した。

「そろそろお仕事にお戻りください。ハサクも一緒に行きなさい」

「なぜ余も追い出されるのだ！」

「しゃべるなとさっき言われたばかりでしょう。トン・ブーより脳筋（のうきん）なの？」

足蹴（あしげ）にされハサクが声をあげる。ツンツンとふて腐れながら専属護衛を追い出す王妃にカレンは目を瞬いた。

（グレース様……ま、まさか、仲間はずれにされてへそを曲げてしまわれたんですか!?）

相変わらず怒り方まで愛らしい。

「もうすぐランスロー伯爵夫人のマナー教室の時間よ。むさ苦しい男たちがいては集中できないから出ていきなさい」

男二人を勇ましくドアまで追い立てると、タイミングよくノックがしてランスロー伯爵夫人が現れた。ヒューゴは素早くハサクの腕をつかみ、ランスロー伯爵夫人をねぎらいつつ部屋をあとにした。

ランスロー伯爵夫人は、ヒューゴの母の教育係で、現在はグレースとカレンの指導を務めているたおやかで人当たりのいい女性である。

グレースとテーブルの上のティーセットを交互に眺めて思案顔になった伯爵夫人は、一つうなずいて口を開いた。

「そろそろお茶会を開かれてはどうでしょうか」

小柄なため実際の年齢より幼く見られるグレースは、公務を免除されているうえに貴族たちとの交流も免除されていた。しかし、結婚して半年が過ぎ、いよいよ王妃として職務に就く準備が必要になってきたらしい。

「お茶会であれば歳(とし)の近い令嬢たちを誘うことができます。交流の手はじめとしては理想的と言えるでしょう。それを足がかりにゆくゆくは舞踏会や貴賓(きひん)を招いての晩餐(ばんさん)会、謁見や政務などにかかわっていくのが理想的と存じます」

ランスロー伯爵夫人の言葉に切迫した響きはないが、思った以上に展開が早い。

(グレース様の年齢を考えれば、二年は猶予があると思っていたのに)

カレンと同じ認識だったらしく、グレースの顔にも戸惑いがある。

「いい機会ですから派閥の話をいたしましょうか。カレン、お茶の支度を」

カレンは「かしこまりました」と一礼し、しずしずとテーブルへ移動する。

「派閥は大小を合わせれば百を超えると言われています」

ほとんどの貴族がなんらかの派閥に属している、程度の認識だったカレンは、百という数字に口元を引きつらせた。グレースに話しているなら、最低限、カレンも把握しておかなければならない〝一般常識〟なのだ。

「その中で王族がとくに注意する必要があるのは四つの大派閥です」

（四つ！　よかった、それならなんとかなりそう）

「第一派閥は百年以上の歴史を持つワンドレイド侯爵率いる王侯派。彼らは貴族議会でもっとも強い発言力を持つ古参でもあります。第二派閥は百年前の戦争で功績を認められて爵位を得た〝新興貴族〟で、トゥルーサー公爵を筆頭に血の気が多いことでも有名です」

（え？　ま、待って。ワン、なに？　トゥー、なに？　急に言われても覚えられない！）

「第三派閥は流民がラ・フォーラス王国に根差したことで一大勢力となった特殊な派閥で、結束が強く、代表であるスリーマン伯爵を神のごとくあがめる厄介な集団です。第四派閥は金で地位を買った金融商人のフォレスター子爵が仲間を集めて興したもので、なにかにつけ第一派閥と衝突しては対立するくせの強い者たちです。有象無象であることは他の小さな派閥と同じですが、第四派閥は富豪の集まり——地位は低くとも無視できない存在です」

「つまり、第一派閥が古参で、第二派閥が新参、第三派閥が元流民で、第四派閥が成金ね」

さっくりまとめたグレースに、ランスロー伯爵夫人は「左様です」と応じた。さっくりまとめすぎな気もするが、カレンは口を挟まずグレースと伯爵夫人の前にお茶を置いた。

このときカレンは考えもしなかった。

軽く説明された大派閥と、思いもよらない形でかかわるなど。

そして、その一件が彼女の未来を大きく左右することにも。

2

三日後の朝、ランスロー伯爵夫人から大量の書類束が届けられた。

（嘘でしょ⁉　お茶会を開くだけなのに、招く人たちの個人情報から交流関係まで把握しなきゃいけないなんて！）

カレンが生まれ育ったタナン村は辺境中の辺境で、王都で人気の巻き毛牛の子牛販売がおもな収入源となっている田舎である。グレースがタナン村に避暑でやってきたときですら、村長は招待状なんて洒落たものは出さず——そもそも出す発想すらなく、食事に招いたのだ。

（い、今だからわかるわ。グレース様の寛容さが）

寛容だからこそ、グレースが男だと知ってしまったカレンを口封じに殺さず、侍女として王都に連れていくことを受け入れてくれたのだ。

テーブルどころか床にまで積まれた紙束から視線をはずし、カレンはグレースを見る。

「これを読めと言うの？　まだカレンから借りた本を読んでいるほうがマシだわ」

カレンの聖典であるバーバラとアンソニーシリーズと貴族の個人情報を比べるのはどうかと思っていると、カシャあらため仮面の男〝ハサク〟が、低く喉の奥で笑い声をあげた。

グレースが睨むと、コホンと咳払いして姿勢を正す。ヒューゴの〝指導〟が功を奏したのか、以前と比べるとだいぶ落ち着いてきた。

（完璧とはほど遠いけど……それにしても）

「陛下がいらっしゃいませんね」

いつもは時間をみて会いにくるヒューゴが、あれからパタリと姿を見せない。

「――ヒューゴ様に会いたいの？」

「え、いえ、ち、違います。そういう意味ではありません」

グレースの質問にカレンの声が裏返る。「ほう」と吐息をつくハサクが、仮面の下に人の悪い笑みを忍ばせるのが目に浮かぶようだった。

（トン・ブーの散歩のときにもお会いできないから、なにかあったのか心配で……!!）

城内がにわかに騒がしいのも気にかかる。今やすっかり時の人となってしまったカレンが気安く話しかけられるのは以前から知り合いだった厨房の調理人たちだが、彼らは情勢に疎くてカレンの質問に首をひねり、王妃の私室を守る近衛兵は世間話には応じてくれない。

（地位が高くて情報通っぽいのは宮廷医長だけど、あの人、初対面で私の体を要求してきた変態だし！　見返りになにを要求されるか……っ）

彼がほしがるのは〝パーツ〟だ。初対面で筋繊維をほしがった筋金入りだ。

（宰相さんが一番確実だけど、陛下と同じでつかまらないし）

カレンはソファーに腰かけ、書類束を手に悶々と考え込む。すると、正面に腰かけていたグレースが、カレンの隣に座り直して書類を覗き込んできた。

「グレース様？」

ぴたりとくっついてくるグレースはふて腐れた顔だった。性別は男だが、濡れるような黒髪に暮れかけた空を映し込んだ紫の瞳は愛らしくきらめき、白く透き通る肌にきゅっと結ばれた口元は〝美姫〟とたたえられるほどに整っていた。ちらりと上目遣いで見つめてくる表情は、愛らしすぎて卑怯という他ない。

（きっとグレース様もお寂しいんだわ。そうよ。陛下が気になるのは自然よね!?）

そう自分に言い聞かせていると、ハサクがすっと手を上げた。

「発言を許可するわ」

グレースが告げると一歩前に出る。護衛に扮しているが、元は皇太子候補であった男なので所作が無駄に美しい。

「隣国との国境沿いで諍いが起こっているらしい。ひっきりなしに使者が来ている。抗戦はこちらが不利と見るべきであろう。忙しないことよの」

「増援は？」

「そこまでは知らぬ。余とて直接聞いたわけではない」

「つまり、盗み聞きですか」

カレンが思わず口を挟むと、「なに、暇だったのでな」と返ってきた。祖国に帰れば誰もがひれ伏すやんごとない身分なのに、すっかり下っ端が身についている。

「陛下の調教、恐ろしい……!!」

「心の声が漏れ出ているぞ、下賤者め」

ふんっとハサクが鼻を鳴らす。「失礼しました」と形式的に謝罪してグレースをうかがい見ると、彼女は思案顔になっていた。

「お茶会を開いている場合かしら」

「王族が浮き足立てば国民が不安を覚えます。国力が落ちれば隣国がつけいるすきにもなるでしょう。経済を健全に保つことは国を守ることにも繋がります」

国境沿いの諍いなど知らなかったカレンは、タナン村で平穏に暮らし、村を豊かにするため手を尽くしていた。そんなことを思いだしていると「一理ある」とハサクも賛同した。

グレースは渋々と視線を書類に戻した。

（──理屈ではそうなんだけど）

平時通り振る舞うようグレースに進言しつつも、カレンは動揺を隠しきれなかった。太陽王と呼ばれるヒューゴは、戦地で積極的に指揮を執る勇ましい武人でもある。先陣を切ることも珍しくない。

（もし陛下が戦地におもむくことになったら？　もし思っていた以上に戦況が悪かったら？）

はじめてヒューゴを見たとき、彼は戦地から帰ったばかりの荒々しい格好だった。あのときは無事に帰った幸運に気づきもせず、薄汚れた彼に困惑していた。

カレンはぐっと唇を噛む。

まだ詳細は伝わってきていない。伝わらないまま収まればいい。そう願うしかない。

「お茶をお淹れしますね。準備するので少々お待ちください」

集中できず、カレンはグレースに断って立ち上がる。床に寝そべっていたトン・ブーが「散歩か？」と起き上がったので首を横にふると、舌打ちとともに怠惰にごろんと横になった。

（……相変わらず中におっさんが入っていそうな反応ね）

秋風にひるむくせに、散歩自体は好きだから不満は隠そうともしない。わかりやすく扱いづらいブタだ。苦笑しつつ部屋を出て、近衛兵に厨房に向かう旨を告げる。しずしずと廊下を歩いていると、兵士たちが忙しげに歩き回るのが見えた。どういう状況なのか尋ねたい。花章を受けたカレンなら、あるいは詳細を聞けるかもしれない。

「あの……」

声をかけようとした直後、カレンははっと口を閉じた。廊下の角から現れた男に、鼓動が跳ね上がったのだ。

悲鳴をすんでで呑み込み、スカートをつまんで一礼する。

「陛下、失礼いたしました」

そっとヒューゴに道をあける。

（よかった、元気そうで）

我知らず安堵の息が漏れる。もしかしたらグレースに会いに行く途中だったのかもしれない。今日は一緒にお茶が飲めるのだろうか。それともなにか話があるのか。ちらりと様子をうかがうと、柔らかな視線とぶつかって、カレンは慌てて目を伏せた。

（どうしてそんなに嬉しそうに笑ってらっしゃるんですか！）

気づかれてしまいそうなほど鼓動が乱れ、カレンはきつく唇を噛む。頬が熱い。油断していると悲鳴をあげながら逃げたくなってしまう。向けられる好意に息が震える。

「こっちに」

手をつかまれ、抵抗する間もなく廊下を突っ切る。ぎょっと振り返る使用人たちに、変な噂が立たないかと慌てていると、そのまま空き部屋へと連れ込まれてしまった。

「陛下、どうされた、ん、で……っ!!」

閉じたドアとヒューゴに挟まれ、カレンは全身を強ばらせた。くすりとヒューゴが笑う。

「真っ赤だな」

「お戯れが過ぎるからです」

「戯れ、か」

ささやく声が切なげにかすれる。それを聞くと、体の奥からあぶられるように熱くなってくるのだ。

(な、なんでそんな色っぽい声を出すんですか!)

抗議したい。突き放したい。けれど、軽く手首を押さえられているだけなのに、ドアに縫い付けられたように体が動かない。

「国境で、看過できない事態が起こっているんですか」

話の矛先を意図して変えると、ヒューゴが眉をひそめた。

「お前は意地が悪いな」

溜息とともにヒューゴがカレンの首元に顔をうずめる。吐息が首筋にかかってぞくりとする。このままでは乱れた鼓動に気づかれてしまう。

「今、陛下を悩ませるのはその件かと愚考いたしました。見当はずれだったでしょうか」

息が震えないように、声がうわずってしまわないように、カレンは平静を装って尋ねる。国の行く末を案じる一介の侍女という体を貫いて。

聞こえてきたのは二度目の溜息だ。

すっとヒューゴが顔を上げ、カレンの目を覗き込んできた。空を吸い込んだ鮮やかな青。そこに自分の姿が映っている。

「触れたい」

ゆっくりと顔が近づいてくる。カレンはとっさにうつむいた。

「もう触っています」

答える声が弱々しくなる。こんなにそばにいるのに、息すら触れ合うほどの距離にいるのに、これ以上なにを望むのか。

「カレン」

硬く大きな手がカレンの頬を包み込み、そっと持ち上げる。

「——名を」

彼はたびたびそう懇願する。親しい者だけが呼ぶことを許された彼の名を、カレンに呼ばせたがる。

「だめです」

呼べば一線を越えてしまう、そんな気がする。

「では、その代わりに」

ささやきが近くなる。あらがえない強さで求めてくる彼を卑怯だと心底思う。ゆっくりと下りてくる唇に、カレンはぎゅっと目を閉じる。

「陛下は口説くとおっしゃいました。これは二つの事柄を天秤にかけているだけです」

名を呼べば引き返せなくなる。口づけを受け入れても引き返せなくなる。同じ結果が待つ問いを突きつける彼に、カレンは小さく抗議の声をあげた。

ぴたりとヒューゴが動きを止め、ついで長嘆した。

「お前はずるいな。俺ばかり溺れて理不尽だ」

ささやく息が唇をたどる。口づけはされていないのに、吐息が近すぎて触れられている気分だ。そんな動揺を知ってか知らずか、ヒューゴはカレンを強くかき抱いた。乱暴な抱擁は情熱を代弁するようで、カレンは抵抗を忘れて小さく喘いだ。

「ドキドキしているな」

「言葉に出さないでください！　この状況で平然としていられる女子はいません！」

不満げだった声が楽しそうに弾むのを聞いてカレンは赤くなった。

「誰に抱かれてもこうなるのか？」

「そんなわけないでしょう」

「俺だけか」

「お、お答えできません……!!」

肯定すれば好きと言っているようなものだ。「引っかからないか」と残念そうにつぶやいて、ようやく抵抗しはじめたカレンを解放する。

「そろそろティータイムか？」

「は……はい。陛下も、ご一緒に？」

「いや、また今度にしよう。……そんな顔をするな。攫いたくなる」

気落ちしたカレンが無意識に口を引き結ぶと、ヒューゴは苦笑しつつ顔を伏せた。逃げる間もなく頬にキスされたカレンは、頬に手をあて、よろよろと壁伝いに彼から離れていった。

ヒューゴは目を細め、頬を押さえるカレンの手を柔らかく撫でてから部屋を去った。

（な、な、な、な……!!）

カレンはずるずるとその場に座り込む。ヒューゴの唇が触れた頬が熱い。息苦しさに、ようやく息を詰めていることに気づいた。

（あああああ、もう！　もう！　どうしてくれるのよ！）

嬉しいなんて思ってはいけない。

さまざまな功績により、貴族たちがこぞって後見人になりたがる特殊な立場にいるカレンには、出自に関する秘密がある。それは、ヒューゴとグレース、さらには宰相のレオネルしか知らない極秘中の極秘だ。

田舎生まれの田舎育ちであるカレンの父は、失踪した前宰相――レオネルの兄だったのだ。

宰相家の血を引くカレンは、本来なら王のかたわらに立っても遜色ない身分だ。

しかし、覚悟もないまま一時の感情にまかせヒューゴの求愛に応えるわけにはいかない。国の行く末にかかわる地位に就くなんて、田舎娘に務まるわけがないのだから。

（気をしっかり持つのよ、カレン・アンダーソン！　もしなにかやらかしたら、私一人では収まらないわ。お姉ちゃんにだって迷惑がかかるかもしれないんだから！）

子育てに忙しい姉夫婦の負担になるわけにはいかないと、カレンは自分に言い聞かせる。

乱れる呼吸を整え、火照った頬を冷まし、ふわふわと厨房に向かった。

カレンの様子がおかしい。

完璧な侍女を目指す彼女はつねに気を張っていて、なにごとにも最善を尽くそうと全力で取り組むタイプだ。

それがここ数日、妙に浮ついている。刺繍をはじめれば指を刺し、ランスロー伯爵夫人のマナー教室もどこか上の空で、急に赤くなったり青くなったりしている。トン・ブーの散歩に行っている今も、きっとどこかの低木に突っ込んでいるに違いない。

窓辺に立つハサクが発言を求めて手を上げた。許可すると口を開く。

「カレンがおかしくないか」

「お前に言われなくてもわかっているわ。……原因も、なんとなく予想がつくし」

「ほう」

グレースの返答にハサクが意外だと言わんばかりの声をあげる。直後、ノックの音がしてドアが開いた。現れたのは太陽王の異名を持つ猛々しい王――ヒューゴである。

彼は部屋の中を見てかすかに眉根を寄せた。

「なにかご用かしら」

グレースの言葉尻が刺々しくなる。様子をうかがうハサクは、なかなか会いに来ない夫にへそを曲げていると勘違いして楽しそうに体を揺すっているが、実際にはまるで違う。

カレンの異変は間違いなくこの男が原因、そう思って腹を立てていたのである。

「なにを怒ってるんだ？」

「胸に手をあててお考えください」

「どれ」

「自分の胸です」

ぬっと伸びてきた手を赤くなってよけながら、グレースは憤慨する。前にもこんなやりとりをしたことがあるが、どうやら毎回本気で確認しようとしているらしい。

「ところで」

「カレンは席をはずしています」

グレースが先回りして告げると「そうか」とヒューゴがあからさまにがっかりした。彼の落胆具合から、しばらくカレンに避けられているのだとわかる。

なにがあったのか問い詰めるべきか、このまま知らぬふりをしておくべきか。

思案したあと、グレースは小さく息をついた。

「ハサク、ヒューゴ様がお戻りよ。ついていって差し上げなさい」

なぜ、と、ハサクが無言で訴えてくる。ヒューゴも戸惑っているが、これも無視して「さっさと行きなさい」とハサクを睨んだ。

「いつまでもここにいるほどヒューゴ様もお暇ではないでしょうから」

「……そうだな」

名残惜しそうにうなずいてヒューゴが踵を返し、ハサクも渋々と部屋を出ていった。

扇を閉じたり開いたりしていたグレースは、立ち上がると衣装部屋に行き、ごそごそと服をあさって適当なものを見繕ってカバンに詰め込んだ。

カバンとコートを手に取ると、ちょうどカレンが散歩から戻ってきた。


部屋に戻ったカレンに、グレースは「行くわよ」と声をかけるなり歩き出した。

午後は予定がなく、書類束に埋もれながらお茶会の招待客を選ぶことになっていた。

けれど今、カレンは町に出ていた。

（主をいさめるのは侍女の仕事よ。それなのに、どうしてこんなことになってるの!?　裏道で大変な目に遭って、二度とグレース様を危険にさらさないって誓ったのに!!）

強引に手を引かれて質素な馬車に押し込まれ、町中で辻馬車に乗り換え服をひとそろえ押しつけられた。簡素なシャツに飾り気のないスカートは町娘然とし、かたわらでこそこそ着替えていたグレースは、どう見ても――。

絶句するカレンにグレースははにかみ、ことりと首をかしげた。

「どうですか」

「陛下が傾倒しそうなくらい完璧です」

「ヒューゴ様のことは、今は言わないでください」

上目遣いでグレースが拗ねる。カレンは「ふおおお」っと奇声を発した。

（き、危険だわ！　グレース様って、女装しているときより男装しているときのほうが凶悪なほどかわいいんだもの！）

グレースは今、艶やかな黒髪のカツラをはずして地毛である茶髪なのだ。服もカレンとおそろいで簡素なシャツをまとい、細身のパンツもこの上なくよく似合う。まるで御曹司であるかのように、気品と愛らしさが同居し完璧だった。

「もしかしてグレース様は、その格好で町を歩き回る気ですか」

いさめる気で問うと、グレースが薔薇色の唇を開いた。

「最近、カレンさんが塞ぎがちだったので、気晴らしできたらと一生懸命考えたんです」

（ひ……卑怯すぎる……!!）

潤んだ目で訴えられると、否とは言えなくなってしまう。女装のときは正体を隠そうと気を張っているため必要以上に攻撃的なグレースだが、生来の性格はどちらかといえばおとなしくて繊細で、男装するとそれが前面に出て、まとう空気すら柔らかくなるのだ。

（普段は周りの目を気にして引きこもっていらっしゃるグレース様が、私のためにこんな思い切った行動をするなんて……ああ、本当に私は侍女失格だわ……!!）

ヒューゴのことで悩みすぎて、グレースにまで迷惑をかけている。

「申し訳ありませんでした」

深謝するカレンにグレースは慌てた。

「カ、カレンさんのことは、口実です。僕も久しぶりに町に出たかったし……あ、そうだ。ザガリガの実も買っておかなければいけないんです！」

ザガリガの実は、宰相であるレオネルが管理しているので、グレースが直接買い求める必要はない。だからグレースは純粋にカレンのためだけに町に出たのだろう。そう考えたカレンは、グレースが以前町に出たときも今と同じようにザガリガの実を買い求めていたことを思いだした。きっとあのときも、町に不慣れなカレンを心配して同行してくれたに違いない。

（本当にこの方は……）

愛する祖国を亡き王女に託され、自分の未来を差し出して守ろうとするほど献身的な彼女は、カレンをも守ろうとしてくれているのだ。

「ありがとうございます」

「な、なぜ、お礼を言うんですか。……僕は、カレンさんを独り占めしたいだけなのに」

「え？　そうなんですか？　いつでもグレース様が私を独り占めしているのに」

思わず返すと、グレースの顔がぶわっと赤くなった。

（かわいい！　男装のグレース様が超絶にかわいい！）

「では、独り占めします」

グレースがもごもごと宣言し、上目遣いで寄り添ってくる。卒倒しそうなほど可憐な姿にぐらぐらしていると、やがて馬車が停まった。

「シエラード通りだよ」

御者台から聞こえてきた声にわれに返り、ドレスと侍女服でパンパンになったカバンを手に馬車から降りる。直後、御者が「おや」という顔をした。

「女性の二人連れじゃなかったか？」

「私とこの方の二人連れでした。車中で着替えたんですが、いけませんでした？」

「いや、そりゃ構わないけど……じゃあ、三百ルクレだ」

御者は料金さえもらえばそれ以上は興味がないようで、お金を質素な木箱に入れるなり、さっそく次の客を見つけてドアを開けていた。

（都会って人間関係が希薄で助かるわ）

人口が少なく皆が顔見知りというタナン村ではこうはいかない。故郷どころか王都でもすっかり有名人であるカレンだが、幸いにしてここで知られているのは王妃付き侍女であることと名前だけなので町歩きも楽勝だ。

が、しかし。

（グレース様がめちゃくちゃ目立ってる！）

女装して町中を歩くより男装して町中を歩くほうが人目を惹(ひ)くのは、ひとえに彼女の表情と行動のせいだろう。終始笑顔でいろいろなことに興味を持って、カレンにぴったりとくっついて目をきらめかせている。大きな花束をかかえている気分だ。

「見てください、まだ黒髪のカツラが人気みたいです。つけている人がたくさんいます」

キラッキラの笑顔で訴えられて目尻(めじり)が自然と下がってしまう。

カレンはコホンと咳払いし、気を引き締めた。

「グレ……お坊ちゃま、ザガリガの実を先に買っておきましょう」

今日は、裏通りのいかがわしい店に行かなくとも表通りの安全な店で買える。

（だってここは、ないものはないと言われた王都随一の歓楽街！　バーバラとアンソニーの第二巻の舞台の一つでもあるシェラード通り!!）

「……まさかと思うけど、聖地なんですか」

目をぎらつかせるカレンに気づき、やや引き気味にグレースが尋ねてきた。

「そのまさかです、グレ……お坊ちゃま！　通りの奥には賭博場（カジノ）があって、金を使い果たしたカモたちが、通りで手ぐすね引いて待っている押し買いに狙（ねら）われるんです！」

二巻を読んでいるグレースだが、どうやらそこまで読み進めていないらしく首をひねる。

「押し買い？」

「押し売りは家に押しかけて商品を売る人を言いますが、押し買いは逆に金目のものを買い取る人のことを言います。路上ではありますが、」

「お嬢ちゃんがた、入り用かね」

「と、このように声をかけ、言い値（ね）どころか無茶値で金品を強奪していくと、いう、わけで」

「よく知ってるねえ、お嬢ちゃん」

「……押し買いは大変粘着質で、一度張り付いたら離れないとバラアン（聖書）にありました」

「よくわかってるねえ、お嬢ちゃん」

しゃがれた声で背後から褒められ、熱く説明していたカレンはそろりと振り返った。立っていたのは皺（しわ）深い顔に笑みをたたえた老婆である。白い髪を器用に丸め、黒いローブに金の腕輪がきらめいている。そのさまは、愛読書から抜け出したのかと目を疑うほどだった。

「すみません、私たちはただ観光に来ただけで！」

「入り用だろう？　こんなところに突っ立ってるんだ。いるに違いない。どれ、少し見てあげようかね。ふむ、絹のシャツか。しかもなかなか上物だ。スカートも生地がいいし、靴も上等な革を使ってるじゃないか。装飾品はなにをお持ちだい？　見てやるから出してみな」

「結構です」

「遠慮はいらないよ。こっちは良心にのっとって親切で話しかけてやってるんだ」

「親切の押し売りは間に合ってます」

「そう言わずに見せてみなって。あたしゃなかなかの目利きなんだよ。この道四十年だ」

「間違った道を誇らしげに口にしないでください」

「まったく頑固だね。わかった、一つだけ見てやろう」

（どうして〝譲歩してやった〟みたいな解釈になってるの⁉）

いっそなにか一つ出してみようか。そうすれば納得してくれるかもしれない。だがしかし、一つが二つ、二つが三つと増えていき、最終的に身ぐるみ剥がされる可能性だってないわけじゃない。なにより、カバンの中身を見られたら面倒なことになる。平民が持ちようもない高価なドレスと宝飾品、さらに王城でのみ支給されるお仕着せが合わされれば、なにか勘ぐられてしまうかもしれない。

（王妃が遊び回ってるなんて噂が立ったら、グレース様の顔に泥を塗ることになる）

なんとしても逃げ切らなければならない。

「ふうむ、あんたのかかえてるそのカバン……金のにおいがするね」

「ひい！」

カレンはとっさに飛びのいた。

「どれどれ、見せてみな」

「だめです！　行きましょう、グレ、お坊ちゃま！」

「王都じゃぼったくりだっているんだ。有り金全部持っていかれたら大変だ。だからあたしが親切に声をかけてやってるんだ。なあ坊ちゃん、かわいい顔してても男だろ。ビシッと言ってやりな。金はいくらあっても邪魔にはならない。なに、必要なものは買えばいいんだ」

「そ、そうなんですか？」

「グレ……お坊ちゃま！　必要なものをわざわざ手放すことはありません！」

「まったく、うるさい小娘だね。さっさとカバンをお寄越し」

思案するグレースに気を取られたすきに、老婆が俊敏にカバンをつかんだ。

「あ」

見た目に反して強い力でカバンを引っぱられ、カレンの体が前のめりになる。腕からカバンが離れ、石畳が近づいてくる。このまま顔面から突っ込んだら大惨事だ。とっさに石畳に手をつこうとするカレンの目に、カバンをかかえて駆け出す老婆の背が映った。

「待ちな、きゃっ」

ぐんっと体が持ち上げられ、石畳が遠退く。直後、老婆がつんのめった。よく見ると足に剣が引っかかっている。

唖然とするカレンは、はっと顔を上げた。

(な、なに？　なにが起こったの？)

「へ……!?」

陛下、と、叫びそうになって、慌てて両手で口を塞いだ。フードを目深にかぶったヒューゴが、ちらりとカレンを見て目を細めたのだ。変装のつもりなのだろう。灰色のシャツに古ぼけた革のフードをかぶり、ベルトには短銃が挟み込んである。なにより印象深かったのは、額と口元をおおうように巻かれた布だった。

「うちの者が世話になったらしいな。ひったくりとして警邏兵に突き出すには忍びないが、しばらく牢屋に入っていれば心も入れ替わるだろう」

派手に転んだ老婆は、ヒューゴの見てくれにたじろいだ。

「あ、あたしは、不要になったものを買い取ってやろうと思っただけで」

「ほう。では、詮議は警邏兵に任せるか」

荒々しい声でヒューゴが問うと、周りにいた人々がなにごとかと集まりだし、立ち上がった老女は忌々しそうに舌打ちしてカバンを放り投げた。

「まったく、最近の若い者は親切がわからないときてる。嘆かわしいね！」

捨て台詞とともに脱兎のごとく駆け出して、あっという間に見えなくなった。

ヒューゴはカレンを立たせるとカバンと剣を拾い、男装のグレースを見て眉をひそめた。なぜその格好を？　と言外に告げるが、騒ぎを聞きつけた警邏兵が近づいてくるのに気づくと、見てくれにふさわしく「行くぞ」と乱暴に顎をしゃくった。


なぜヒューゴがここにいるのか。

なぜ、不可解な格好をしているのか。

（身分を隠すためなんだろうけど、夜の外出と力の入れかたが全然違う――!!）

顔に巻きつけた布のせいでかえって目立っている。が、しかし、ヒューゴの存在と同じくらい、カレンの心を動かすものが目の前にあった。

眼前には巨木から切り出したままの個性的なテーブルがあり、近くには、これまた素材を存分に活かした丸太の椅子が置かれている。値札は成長が早いと言われるルーン木の葉を模し、内装も木の実や花をイメージした小物であふれかえっている。

（雑貨屋ルーン！　文具や日用雑貨、生鮮食品まで扱うバーバラお気に入りのお店！）

ぐっとカレンが拳を握る。一瞬だけでも店を見られないだろうか。そう思っていたのに、ヒューゴが案内してくれたから小躍りで入店したうえ着席してしまった。

愛らしい店内では、バラアンファンが物語に思いをはせつつ小物を買いあさっている。

「しゃべっていいぞ」

無言のまま震えていると、不憫に思ったのかヒューゴが許可を出した。

「す、素晴らしいです、神。完璧な選択です。バーバラが夢中になるのも納得です。しかもここは、押し買いに押されまくったバーバラをアンソニーが助けたあと入った店！」

はじめてアンソニーが入った店が、バーバラの行きつけだったなんて運命だ。

「そして、バーバラが分不相応だとあきらめていた香水の瓶をプレゼントするんです!!」

偶然入った店で、偶然彼女の気に入っていたものを贈る――運命に導かれた二人の希望と苦難を象徴するエピソードである。ファンを見越してか、サイズや色の違う香水瓶が棚いっぱいに並んでいて、そこだけやけに賑やかだ。

（あの人たちに交じりたい！　い、いいえ、だめよ。私用で来たんじゃないんだから！）

「買うか？」

「はい、……いいえ！　買いません！　財布出さないでくださいっ」

懐に手を突っ込んだヒューゴを見てカレンはさっと青くなる。

「雑貨を買っている場合ではありません。私たちはザガリガの実を買いに来ていて」

「ザガリガの実ならちょうど入荷してるよ」

唐突に割り込んできた女の声にぎょっと視線を移動させる。陳列棚を整理していた二十代とおぼしき女の店員が手を止め、カレンたちに向かってもう一度口を開けた。

「乾物も未加工もあるよ。生果はすぐに傷むから、そっちを買うなら保存方法も教えるよ」

ザガリガの実は、女性がより女性らしくいられるよう摂取される特別な実だ。子どもには有害で、ましてや男性が口にすることなどないものだが、王妃として嫁いできたグレースは男であることを隠すために定期的に摂取している。

「生の状態でも売ってるんですか？　乾燥させたものしか流通していないと思ってました」

「――知らないってことは、乾物を買いに来たんだね。まあ、お嬢さんみたいに若い子に生果は必要ないか」

なんとなく引っかかる物言いにカレンが眉をひそめると、「どのくらい必要？」と尋ねてきた。カレンはちらりとグレースを見てから答えた。

「少しまとまった量が必要なんですが」

「生果より安いとはいえ、干したものもそれなりに高価だよ。大丈夫？」

「ええ、問題ありません。用意していただけますか」

ガラスケースに入っている深紫色をした楕円形のみずみずしい果物が、どうやらザガリガの生果であるらしい。ガラスの器に仰々しく飾られ、いかにも高価そうだった。

金額を見てカレンは目を剥いた。

（一粒一万五千ルクレ？　二十七粒で巻き毛牛の子牛が買えるの!?　高すぎない!?）

ガラスケースに収められてしかるべき高級果実だ。干したものですら高いと思っていたのに、干す前のものはそれ以上に高いだなんて。

「在庫分、全部出してきたよ。本当に大丈夫？」

「え、ええ、ありがとうございます。いくらになりますか？」

尋ねるカレンの目の前に、ヒューゴがずいっと拳を突き出してきた。きょとんと店員が手を差し出すと、金貨を十枚のせた。

「それと、この香水瓶も」

カレンがザガリガの生果に気を取られているあいだに商品を奪取したらしく、小説の中の描写そのままの香水瓶が差し出された。振り向くと、驚倒する乙女たちの視線がヒューゴの背中に突き刺さっている。

(うわああ、マイペースに突っ込んでいったんだわ！　陛下がただの変な人に！)

貴人とは思えない行動力だ。平時から城を抜け出す型破りな王様は、戦地から帰ってきたときなど傭兵然とした格好だった。もともと周りの評価に頓着しない性格なのだろう。

(本当は格好いいのに……って、なに考えてるの、私)

支払いをすませたヒューゴは香水瓶をカレンに渡し、グレースとカレンの服が入ったカバンを軽々と持ち上げ「他に用はないか？」と確認してきた。

グレースは一瞬口ごもったあと、意を決したように告げた。

「今日はカレンさんと一緒に散策するので、あなたは帰ってください」

「そういうわけにはいかないだろう」

「あなたがいると僕の立場が弱くなるんです。だから近寄らないでください。今日は、僕がカレンさんと、デ……デートを、する日なんです」

香水瓶を胸に抱くカレンを見て、グレースはかわいらしく唇を尖らせる。

「ふうん。男二人をはべらせるなんて、なかなかやるじゃないか」

ザガリガの実が入った袋をヒューゴに渡し、店員がにやりと笑う。カレンは赤くなった。

「ち、違います！　私はお坊ちゃまの付き人で、こ、こっちのいかがわしい方は、護衛！　そうです、護衛なんです！」

「女はちやほやされてるうちが花だよ。ザガリガの生果が必要になったら店に寄りなよ。ちょっとは値引きしてやるからさ」

一粒一万五千ルクレなんて高価なものをそうそう買えるはずがない。カレンは愛想笑いを浮かべつつ「その際はよろしくお願いします」と返し、ヒューゴとグレースの背を押した。

「行きましょう！　もう買い物も終わったことですし！　護衛さんもお忙しいし！」

「時間なら気にするな。仕事はレオネルに押しつけてきた」

「全然だめじゃないですか。だいたい、どうして町にいるんですか」

なんとか店内から押し出すと、ヒューゴが喉の奥で低く笑った。目を細めて笑う姿は、いかがわしいのにこの上なく魅力的で、カレンはついつい顔をそむけてしまった。

「グレースの護衛に戻れとハサクを追い返したら、しばらくして部屋にいないと報告に来たんだ。調べてみたら〝侍女〟が二人出かけたとかで、馬車が一台なくなっていた。行き先でおおよその当たりをつけたら騒ぎに巻き込まれていたというわけだ」

(グレース様がバラアンの二巻を読んでたから、舞台の一つであるシェラード通りに向かうと考えたのね……!? さ、さすが)

「神と言うなよ」

(ぐぬっ)

軽く睨まれ、カレンは胸中でうめく。そんな二人のあいだにグレースが割って入り、潤んだ目でキッとヒューゴを睨んだ。

「今日は、僕がカレンさんを独占するんです」

必死に訴える姿にくらりとする。

(ど、どうして男装してるとこんなにかわいいのかしら！)

「陛下、今日はグレース様に独占されます」

宣言すると、「わかった」とヒューゴがあっさり引き下がった。ちょっと寂しく感じたが、グレースが「勝った」と頬を紅潮させる姿を見ると口元がゆるんでしまう。

「行きましょう」

カレンの手をつかんで歩き出したグレースが、ちょっと恥ずかしげに語る。

「タナン村から戻るとき偉そうに王都の話をしたんですが、実は僕もあまり詳しくなくて」

「そ、そうなんですか!?」

仰天してから納得した。

(グレース様は古都の王女様だし、結婚してすぐに避暑で王都から出たから知らなくて当然だわ。それなのに、私のためにいろいろ話してくださったんだ……!!)

王都に来て間もない頃、グレースとともに町に出た。あのとき堂々としていたが、慣れない町歩きでずいぶんと無理をしていたのだろう。

「じゃあ、今日はしっかり楽しみましょう。デートですから!」

カレンが宣言すると、グレースがはにかんだ。

「ふおおおお」

「カレンさん?」

「いえ！　なんでもありません！」

(これは危険だわ！　グレース様が天然魔性になってらっしゃる！)

すれ違う人たちが、それこそ老若男女問わず振り返ってグレースを見ている。正体がバレやしないかとドキドキしたが、髪色も髪型も、そのうえ性別までもが違うので、純粋に彼女の可憐さに目を奪われているだけなのが伝わってきた。

「な、なにか食べましょう！　食べ歩きです！」

カレンの提案に、グレースの目がぱあっと輝く。

「食べたいものはありますか？　私のおすすめは、長細く焼いたパンに粉砂糖をまぶしたお菓子で……そう、あんな感じ、の……!?」

近づいてくる男の手元を指さしたカレンは、ぎょっと目を見開いた。グレースも驚いている。であるなら、どうやら錯覚ではないらしい。

（なんで陛下が戻ってくるの!?　っていうか荷物は!?　どうしてシュガーロッドを持ってるの!?　まさかまたバラアン予想!?）

二巻に出てくるお菓子だ。バラアンを聖典とあがめるカレンが食べたがるのは道理――とはいえ、ちゃっかりそれを手に戻ってくるとは思わなかった。

「……ヒューゴ様は狡猾（こうかつ）です」

「俺は護衛だ。心配なのは本心だからな」

素直なヒューゴの言葉にそれ以上反論もできず、グレースが乱暴に手を差し出した。ヒューゴはグレースにシュガーロッドを、カレンには紙に包まれた別の食べ物を渡す。

「荷物は第一近衛兵団の団長に預けてある」

（ああ！　ニコル！　今日も不幸なのね！）

近衛兵の中でもっとも優秀な男（本名ミック・オリヴァー）は、どうやらヒューゴにとって便利な雑用係であるらしい。ほろりとしながら町歩きを再開するカレンは、包みを開けて首をかしげた。薄いパン生地に具材を包んだ、よくある大衆料理が入っている。

(なんかこれ、香辛料のようなにおいが……)

戸惑いつつ一口囓り、カレンははっと目を見開く。

「気づいたか？　リュクタル風の味つけだ」

「――私がアレンジした味と似ている気がするんですが」

「城で総料理長に教えただろう？　まかないで作られたものが瞬く間に市中に広まったらしい。城で出たものが王都で流行するのはよくある話だが、発信源がカレン・アンダーソンとなると、その名声にあやかって皆がこぞって真似したがるようだな」

「たいした注目のされかたですね」

ヒューゴの言葉に唖然としていると、グレースがちまちま菓子を囓りつつ溜息をついた。

「今やカレン・アンダーソンは、〝最先端〟というわけだ」

楽しげなヒューゴに、カレンはバッと顔を伏せた。

ヒューゴとグレースは変装している。しかし、有名ではあるがそこまで注目されているとは思わず、カレンは服を替えただけで変装にはほど遠い格好だった。

二人に迷惑をかけるのではと小さくなるカレンに、ヒューゴが喉の奥で低く笑った。

「安心しろ、容姿は噂程度にしか広まっていない」

「そうですか、よか……」

「聡明で美しく、大変清らかで、慈悲深い聖女のような娘だそうだ」

「それ別人じゃないですか！」

「乙女たちの憧れの的、希望の光、あとはなんだったかな」

「もう結構ですっ」

羞恥のあまり両手で耳を塞ぐ。カレン自身はただの田舎者でしかないのに、過分に持ち上げられると居たたまれなくなる。

「カレンさんは名声にふさわしい働きをしています。僕もたくさん助けられました」

「あ、ありがとうございます、グレース様。でも、聞いていられません」

一生懸命励ましてくれる健気なグレースに、カレンは息も絶えだえだ。

「今後のことを考えれば、名声は派手なほうが好ましいんだがな」

小さく告げたヒューゴにカレンはドキリとする。

視線が絡む。

彼が望むのは、彼の隣にカレンがずっと居つづけること――伴侶としての地位だ。よりよい条件の後見人を得たいなら、彼の言う通り、名声は派手なほうが好ましい。

意図に気づいて狼狽えるカレンに、グレースがぴたりと寄り添ってくる。

するとヒューゴは少し困ったように笑みを崩すのだ。その柔らかな苦笑があまりにも魅力的で、カレンは唇を噛みしめた。

「せっかくだから聖地でも巡るか」

ちらりとどこかに視線をやって、ヒューゴはカレンの理性を吹き飛ばす言葉を口にした。


夕刻に城へ戻ったヒューゴは、人目を避けつつグレースたちを部屋に戻した。

最近は執務室と会議室の往復ばかりだったから、久しぶりに活気に満ちた外の空気を吸って気分転換になった。おかげで足取りも軽い。

「悪かったな」

手早く着替えて執務室へ戻り、宰相であるレオネル・クルス・クレスに声をかけると、彼は青白い顔を上げて「いいえ」と答えた。

「業務形態を変更してから、仕事がずいぶんとやりやすくなりました。カレンさんに改めてお礼をしなければ」

横領事件を暴いたカレンが提言したのは情報の共有だ。一人が複数の仕事を受け持つのではなく、複数の人間が複数の仕事を共有する方法である。意見も出しやすいし、互いに補い合うのでミスも減る。長所を取り入れ短所を改善するから時間の短縮にも繋がる。

ゆえに、個人にかかる負担が減る。そのうえ不正の監視にも一役買っている。

「ああいう柔軟性は天性のものだろうな。――それで、その後の戦況は？」

連日のようにやってくる早馬と、鷹を使った〝鳥報〟が届ける近況を尋ねると、レオネルがとたんに険しい表情になった。

「帝国は古都に向け軍を進めているようです」

「懲りもせず、か」

動かないわけにはいかないらしい。タイミングの悪さにヒューゴは重々しく溜息をついた。

本当は、城にとどまりたい。

昼間、カレンとグレースの姿が見えないと報告したハサクは、同時に、彼女たちを追っているらしい不審な男の情報も伝えてきた。城勤めの貴族らしいが名前まではわからず、〝若くて冴えない男〟という曖昧な人物像だけを口にした。

町中で運良くカレンたちと合流したヒューゴは、幾度か奇妙な視線を感じた。

あれは一体なんだったのか。

ただの偶然か、あるいは――。

第二章　辺境でトラブル発生らしいですよ！

1

その日は朝から城中が騒がしかった。

相変わらずトン・ブーにベッドを占拠されているカレンがペット用のベッドで目を覚まし、メイド服に着替えて厨房に向かうと早朝だというのに釜にはすべて火が入り、下働きの使用人はもちろんのこと料理人までもがバタバタと走り回っていた。

（な……なに、この気迫）

何百人もの胃袋を一度に満たすことができるほど大きな厨房は、さしものカレンもたじろぐほどの熱気に包まれている。

「なにかあったんですか？」

「マデリーン様が登城するんだ。湯なら勝手に持っていってくれ」

皿を並べていた使用人に声をかけると、意外な言葉が返ってきた。城中を巻き込むほどの影響力を持つ〝マデリーン〟といえばただ一人、マデリーン・ラ・ローバーツ——国でも有数の資産家である公爵家に嫁いだヒューゴの実姉である。

ばくんっと鼓動が跳ねた。

（マデリーン様がいらっしゃる……つまり、それは）

ヒューゴが長期間城をあけるということではないのか。紛争の話はカレンの耳にも届いている。本来であれば、王が出陣しているあいだは王妃が城を守る。しかし、幼いグレースは知識に乏しく、彼女の代わりに政務の一切を取り仕切るのがマデリーンだ。

（戦況が悪化してるの？　陛下が、戦地に行くの？）

太陽王は剣豪だ。隊を率いて先陣を切るのも珍しくない。今までは雄々しい王だという認識だった事実が、重くカレンにのしかかってくる。

（どうしよう）

怖い。

ヒューゴが強いことは知っている。

高貴な身分ながらも土埃にまみれ、国を守るために奔走していることも、知っている。

（今までは大丈夫だった。でも、次は？　無事に帰ってこられる？　安全な戦場なんて存在しないわ。ひどい怪我を負ってしまうかもしれない）

行かないでほしい。ふいにそんな言葉が口をつきそうになってカレンは動転した。

国境の紛争を食い止めなければ、帝国はいずれラ・フォーラス王国に進軍してくるだろう。

王都や故郷が戦禍(せんか)に巻き込まれることだって十分に考えられる。

過去に幾度となくしのいできた窮地(きゅうち)――カレンはきつく目を閉じた。


朝食をすませしばらくすると、ランスロー伯爵夫人が王妃の私室に訪れた。

「すでにご存じかと思いますが、マデリーン様が政務をおこなうため登城されました」

「……辺境はそれほどの戦況というわけね」

グレースが険しい表情になる。

「万全を期(き)すだけでございます。それより、お茶会の支度は進んでおりますか」

城中がざわついているのに、ランスロー伯爵夫人はいつも通りの口調だった。

「姉上様は私の代わりに政務を引き受けてくださっているのよね？　順番からしたらお茶会の支度よりあいさつが先なのでは？」

「陛下が発(た)たれるまではマデリーン様も引き継ぎでお忙しいでしょう。時間ができればお声がかかるかと存じます」

お茶を淹(い)れていたカレンの手がびくりと強(こわ)ばり、茶がテーブルに広がる。

「も、申し訳ありません」

ヒューゴが出陣する。それは、すでにランスロー伯爵夫人も承知の決定事項であるらしい。

慌ててテーブルを拭くカレンを見て、夫人は少し表情をゆるめた。

「まだ公式に発表はされてはいません。けれど、皆はそのように動いています。あなたも覚悟しておきなさい」

「はい」

うなずいてから、ぎょっとした。

（どうしてグレース様じゃなくて私に言うの⁉　私も素直に返事をしちゃだめでしょ！）

ヒューゴがカレンにとって特別な相手だと認めているようなものだ。自覚したらぶわっと頬が熱くなった。

「も、申し訳、ありません」

涙目で謝罪するカレンをグレースがちらりと見る。

「以前は三ヶ月ほど城をあけていたわね。次も同じ期間の遠征になるの？」

「帝国が古都へ向け進軍しているという話は聞いておられますか」

祖国の名に、グレースは一瞬だけ表情を曇らせたあとうなずいた。ランスロー伯爵夫人は目礼して言葉を続ける。

「早馬を休まず走らせても十日はかかる遠方です。問題なく帝国を退けても同じくらいかかるのではないでしょうか。ですから、マデリーン様が登城したのだと思います」

古都を心配するグレースは、カレンをおもんぱかって遠征の期間を尋ねてくれたのだろう。

（……三ヶ月……）

銃弾が飛び交う中を、果たして無事でいられるだろうか。

突きつけられる現実に心乱されたカレンは、再びお茶をこぼしてランスロー伯爵夫人に呆れられるのだった。

2

町に出て以来、ヒューゴには会えずにいた。

そして、形式的にレオネルが状況だけを報告した数日後、グレースに留守を頼み、ヒューゴは援軍を引き連れ出立した。

カレンには一瞬だけ視線を寄越しただけだった。

（寂しいとか思っちゃだめよ。陛下はこれから戦地に向かうのよ。一介の侍女にかまけている場合じゃないんだから！）

今はヒューゴの無事と、辺境での被害が少ないことを祈る他ない。

（射撃を練習しておけばよかった。そうしたらお役に立てたかもしれないのに……いえ、これからでも遅くないわ。行動あるのみ。時間を見つけて練習場に行かなきゃ！）

誤射が怖いから、携帯している銃には一発しか弾を込めていない。これもいずれ改善する必要があるだろう。

　ぐっと拳を握っていると、グレースと目が合った。

「また、ろくでもないことを考えていたでしょう？」

「とんでもございません」

　粛々と答えたカレンを見てグレースが溜息をつく。テラスに立ち、集まっている人々に軽く手をふった彼女は、「戻るわよ」とカレンをうながし踵を返した。そこでようやく、テラスと部屋を区切るカーテンの陰に漆黒の礼服をまとう中年の男が立っていることに気づく。

　マデリーンが連れてきた使用人たちは胸に黒薔薇を飾っている。

　その男の胸にも黒薔薇があった。

（マデリーン様の使用人……!?）

　カレンはゴクリと唾を飲み込んだ。いずれ呼び出されるだろうと考えていたが、ヒューゴを送り出した直後に接触してくるとは思わなかった。

「無粋ね。許可もなく入ってくるなんて」

　グレースは扇を広げて口元を隠し、不快を伝える。可憐な見た目の王妃が取る刺々しい態度に、しかし、マデリーンの使用人は表情一つ変えなかった。

「申し訳ありません」

　言い訳すらしない男にグレースは閉口し「わかったわ」とうなずいた。

「部屋にうかがえばいいのかしら。午後からでよければ……」

「いえ」

否定されてグレースは眉をひそめた。胃が痛くなるほどの沈黙にカレンは青くなる。

（なんで貴族の会話ってこうも堅苦しいの⁉　用件を伝えてさっさと面会時間を決めればいいじゃない！）

グレースたちがいるのは二階の西テラス、マデリーンたちがいたのは東テラスだ。用があるなら会いに来て、立ち話だってできる距離だ。それなのに使者を寄越し、部屋に呼びつける。

（自分が上だって主張してるわけ⁉）

グレースは婚礼のときに一度だけマデリーンに会ったと言っていたが、カレンははじめてだ。一体どんな女性なのか——緊張していると、マデリーンの使用人がずっとカレンを見た。

（……え？）

ぎくりとした。

なにかよくない感じがする。

「カレン・アンダーソン」

「はい」

声が裏返らなかったのが奇跡だ。困惑するグレースの視線を受けながら、カレンはマデリーンが寄越した使用人を見つめる。

「マデリーン様がお呼びです」

(なんで私!?　どういう用件なの!?　王妃より先に王妃付き侍女を呼び出すって順番がおかしいでしょ!?　まさか、会うのに手順が必要なくらい気難しい人なの!?)

ヒューゴの姉ならいい人に違いない。そう思っていたが、ヒューゴが特別なだけで彼以外は物語に出てくる王族らしく、傲慢で強引で、人を石ころ程度にしか思わない血も涙もない為政者なのではないのか。

(ううう、逃げたい)

城に来た直後のカレンなら、適当な言い訳とともに逃げ出していただろう。後先考えず、グレースへの迷惑もかえりみず、無責任な行動を取っていたに違いない。

「用件を言いなさい。いくらマデリーン様でも、事前の断りもなく私の侍女を連れていくことなど許可できないわ」

毅然とした態度でグレースが告げる。政務をマデリーンが担う以上なにより対立したくない相手だろうに、グレースはカレンを守ろうとする。

「グレース様、ご心配にはおよびません。マデリーン様のもとへ行ってまいります」

——以前なら逃げていた。だが今のカレンには、グレースの信頼に足る侍女になるという崇高な目標がある。守られるばかりの情けない侍女にはなりたくない。

それに、マデリーンに会えばなにを企んでいるかさぐることもできるはずだ。

（最悪、私一人の首が飛ぶだけよ。……たかが侍女と侮ってくれると助かるんだけど）

不安がるグレースにうなずいてあとのことをハサクに頼み、使用人の広い背中を追う。どうやらマデリーンに用意された部屋に向かっているらしく、使用人は階段を上がった。

王城の調度品は、椅子一つ、花瓶一つにいたるまで厳選されている。カレンも王妃の私室で高級な家具を見慣れていた。けれど、そんなカレンですら息を詰めてしまうほど、はじめて入ったマデリーンの部屋はきらびやかだった。

しかし一番目についたのは、きらびやかな部屋とは相反する肖像画だ。むっちりと肥え太った赤ら顔の男は、団子鼻に厚い唇、細い目と、派手な服以外は見事なまでに美点がなかった。

（センス悪っ）

驚愕するカレンの耳に、

「マデリーン様、カレン・アンダーソンを連れてまいりました」

恭しく告げる使用人の声が響く。

視線を戻したカレンは、ソファーに腰かけ、銀のカップに手を伸ばす女を見た。

マデリーン・ラ・ローバーツ。ワンドレイド公爵と結婚したあとも王族ゆえ旧姓を名乗り、二人の王子を産んだ女性。

（ワンドレイドといえば第一派閥の顔役！　生粋の王侯派！　社交界でも中心的人物！）

夫が急逝してから、マデリーンは二年あまり全身を黒く染めるように黒いものばかり身にまとい喪に服しているという。実際、彼女のドレスは細部まで黒く、手にする扇も、レースで飾られた丸みを帯びた小さな帽子もなにもかもが黒い。だから、きれいに結い上げたヒューゴによく似た金色の髪と切れ長の青い目がいっそう印象的だった。

（すんごい美人！　まつげが多くて長い！　厚めの唇が色っぽい！　白い肌が黒いドレスに映えてなまめかしい！）

見惚れるカレンに気づき、マデリーンがふっと微笑んだ。貴婦人には似合わない、妙にさばけた笑みだった。それがどことなくヒューゴに似ていて、カレンは慌てて目を伏せた。

「はじめてお目にかかります。グレース王妃殿下の侍女、カレン・アンダーソンと申します。マデリーン様におかれましては……」

「堅苦しいあいさつは必要ない」

凛とした声もヒューゴを想起させる。

（ど、動揺が顔に出てしまいそう。落ち着くのよ、カレン。この方は陛下のお姉さま！　陛下じゃないんだから!!）

細く息を吸い込む。

「ご用向きをお伺いしてもよろしいでしょうか」

無理に呼び出されたことを強調するように、カレンはマデリーンの許可を得ずに用件を述べる。部屋の隅で待機していた侍女たちが気色ばんだが、グレースのためにも軽んじられるわけにはいかないと、カレンは控えめながらも強気の姿勢を崩さなかった。

「……なるほど、田舎娘と聞いていたがなかなか……」

楽しげに喉の奥で笑う姿もヒューゴと重なった。

(ううう、心臓に悪い)

ドキドキと乱れる鼓動を必死で誤魔化す。顔が赤くなっていないか気になって仕方ない。なにか言おうとする侍女たちを軽く制し、マデリーンは大仰に顎をしゃくった。

「しかし、マデリーン様」

「アダム、私に口答えする気か。いつからそんなに偉くなった」

カレンを案内してきた使用人は、乱暴なマデリーンの言葉にさっと顔色を変え、侍女たちを下がらせるとドアのそばに待機した。それを見てマデリーンが眉をひそめる。

「護衛は必要でございます。ご了承ください」

「……あの融通の利かない男はアダム・アボットといって私の執事だ。政務になくてはならない男だから必ず連れ歩くのだが、心配性でかなわない」

マデリーンが微苦笑で告げる。

(使用人じゃなくて執事!?　そんな人に侍女の案内なんて雑務を押しつけたの!?)

驚倒したが顔に出すわけにはいかず、「左様でございますか」と無難に返す。なにがはじまるのかと警戒気味に見守っていると、ふいにマデリーンが立ち上がった。

（でか……!!）

カレンはたじろいだ。男性並みの長身にヒールの高い靴を履くマデリーンは、黒いドレスもあいまって、ものすごい迫力だった。

「わが一族は男も女も長身が多く、チビのヘクターは私と並ぶのをずいぶんと嫌っていた。ああ、ヘクターというのは死んだ夫だ。あれもアダムくらい身長があればよかったんだが」

執事と亡夫を比較するのもいかがなものかと思ったが黙っておく。最後まで話を聞かないと部屋から出られそうにないので、カレンは「それで」と先をうながした。

「なに、取引をしようと思ってね」

「取引でございますか？　失礼ながら、わたくしに差し出せるものなど……」

「対等と思われては困る。強者はつねに私だ。お前はうなずくしかない」

（それは取引じゃなくて強制なんじゃ）

不満が顔に出ていたらしく、マデリーンがくつくつと笑った。そんな仕草もやはりヒューゴに似ていて胸の奥をチリチリと焼いた。

ヒューゴがいつ帰ってくるかわからないが、そのあいだ、マデリーンは王城に居つづける。顔を合わせるたび動揺していられないと、カレンはそっと息を吸い込んで動揺を殺した。

カレンが視線を戻すと、マデリーンが唐突に切り出した。

「王妃の正体を知っている」

心臓を、ぎゅっと握られているような感覚に襲われた。

「……なにをおっしゃっているのか、意図をはかりかねますが」

まさか、と、カレンは胸中でうめく。しかし、そんなはずはない。グレースの秘密を知るのはごく少数で、彼らはけっして外部に漏らすようなことはしない。

(マデリーン様は私を試しているのよ。なにか弱みを引き出せないかと、揺さぶりを……)

「本物のグレース様はどうしたんだ？」

マデリーンの質問に、カレンは呼吸すら忘れた。

(気づいてる……!?)

王城にいるグレースが偽物だという前提で問うマデリーンに、冷や汗が流れる。

「なんのことでございましょう」

だがカレンは、表情一つ変えずにそう尋ねた。

「ふむ。しらを切る気か。賢い選択ではないが、侍女としては正しい態度であると認めてやろう。どうやら私は少しばかりお前を見くびっていたようだ」

ニヤニヤと笑いながら近づいてきたマデリーンは、ずいっとカレンの顔を覗（のぞ）き込んできた。

美しい顔が間近にあることよりも、猛獣に狙（ねら）われたような感覚に背筋が冷えた。

「古都の姫は確かに女であったはずだが、今ここにいるグレース・ラ・ローバーツは男だ。果たしてどんな奇跡が起こったのか、実に興味深い」

「……なにがお望みですか」

「引き際もよく理解している。そういう娘は、嫌いではないよ」

マデリーンが艶然と微笑んだ。彼女がこれほど強い言葉を選んでいるなら証拠があるのだろう。突っぱねれば機嫌を損ね、今以上に状況が悪くなるかもしれない。だからカレンは干上がる喉から声を絞り出し、話を次に進めることにした。

マデリーンはカレンから離れ、ソファーに腰かける。そして、テーブルの上にあるガラスの器にこんもりと盛られた果物へと手を伸ばした。

（え？　あれってザガリガの生果？　まさか、違うわよね。未加工の果実は一粒一万五千ルクレもするんだもの。あんな雑に置いておくわけないわ）

二つ目を頬張ったマデリーンは、カレンに「食べるか」と尋ねた。断ると話を再開した。

「近々、第二王妃を決めるために人を募ることになる」

思いがけない言葉に頭が真っ白になった。

「第二王妃を、こ、……公募で、決めるとおっしゃるのですか？　陛下は援軍を連れ、先ほど王都を発ったばかりなのに」

（まさか、陛下が反発することを見越して、わざとこのタイミングを選んだの？）

そこにどんな意図があるのか、カレンには予想がつかない。ただ、急速に暴れる心臓の音だけが、ドクドクと耳の奥で繰り返されていた。

「お前も花嫁探しに参加しろ」

「な……なぜですか」

「指示は追って伝える。私に協力すれば主の秘密が守れるんだ、悪い取引ではないだろう」

扇で口元を隠していても、マデリーンが笑っているのが三日月型の目でわかった。

王妃が男だから、〝女〟の王妃を新たに迎える。

そういうことなのかと、カレンは混乱の中で結論を出す。

だが、グレースの侍女であるカレンを脅してまで参加させる意図はなにか。

取引とは、一体なにをさせる気なのか。

なにかとんでもないことに巻き込まれているのではないか——第二王妃選定の話とともに、マデリーンの存在が、ひどく気味の悪いものに思えてならなかった。

もしかしたら、と、カレンは考える。

(マデリーン様は、私を王妃にしたいから花嫁探しに参加しろって言ったのかしら)

一応は有名人だ。王都を死の酒から守って花章を受けた〝女傑〟で、〝流行の最先端〟だ。

貴族が後見人になりたがっている話は、マデリーンの耳にも届いているだろう。

（でもそれなら、第二王妃になれって命じればいいだけよね？　花嫁探しなんてお金がかかることをしなくても……って、なに結婚前提で考えてるのよ！　陛下は帝国との諍いでそれどころじゃないのに！　って、違う！　まだ私だって心の準備が、って違うー!!）

マデリーンに呼び出されてから考えることは、なぜだかすべてヒューゴとの結婚が前提になってしまっていた。

（落ち着きなさい、カレン！　マデリーン様の命令には、きっとなにか裏があるはず！）

「カレン」

「ひゃい！」

耳元で名を呼ばれ、カレンは文字通り飛び上がった。

「な、なんでしょうか、グレース様」

「二日前、姉上様に呼ばれたときなにかあったんでしょう？　誤魔化さずに答えなさい」

「以前もお伝えしたように、リュクタルの皇子様ご一行の話を聞かせろと言われただけです。海の向こうから皇族が来たのははじめてで興味を持たれたようです」

本当のことなんて言えるわけがない。グレースが未来すら差し出して守ってきた祖国の人たちが、マデリーンのたった一言で危険にさらされるなんて。

マデリーンがどこからグレースの秘密を嗅ぎつけたのかわからないが、取引が終わる前になんらかの手を打たなければならない。

「リュクタルの話が聞きたいのなら、ハサクの主である私に直接聞けばいいでしょう」

「――お忘れですか、グレース様。グレース様は〝体が弱い姫〟で、部屋に引きこもっていらっしゃることが多いんです。陛下のお見送りでお疲れのグレース様を些末な用件で呼び出すのは忍びないと、マデリーン様は気を使ってくださったんです」

憤慨するグレースに、カレンは妥当な言い訳を口にして笑顔を浮かべる。王姉が相手だからとひるんでなどいられない。そっと目を伏せるとグレースがずいっと顔を寄せてきた。

「ではまさか、ヒューゴ様がいなくなって寂しがっているの？」

「ち、違います！」

思いがけない問いにとっさに否定すると、グレースが思案顔になった。

「寂しくないの？」

「さ……寂しい、ですけど」

カレンがもごもごと答える。するとグレースがぴたりとくっついてきた。

「私がいるのに」

(グレース様！　その甘えかたは卑怯です……!!)

小さくて愛らしい完璧な美少女が甘えてくるのだ。かわいくないわけがない。

ふおおお、と、胸中で変な声をあげながら硬直していると、ノックとともにドアが開いた。

部屋に入ってきたのは、王妃付きの護衛と言いながら奔放に歩き回る不良護衛のハサクだ。

カレンにくっつくグレースにたじろぎつつも、彼は手にした紙を差し出してきた。

「数日前から出回っているらしい」

「お前、断りもなくしゃべるなとあれほど……」

「いいから読め」

グレースの言葉を遮ってハサクが紙を押しつける。グレースが怪訝（けげん）な顔をする横で紙を覗き込み、カレンは息を呑（の）んだ。

「――どういうこと、これは？」

グレースが青ざめるのを見て、ハサクが深く息をつき、「書いてある通りだ」と返した。

「第二王妃を決めるための〝花嫁探し〟が、王の姉であるマデリーン・ラ・ローバーツ主催ではじまる。否、もうはじまっていて、応募が殺到しているらしい」

二日前、はじめてマデリーンに会ったとき伝えられたのに、ハサクの言葉に鼓動が乱れてしまった。むろん、グレースの衝撃はカレン以上だった。唇をわななかせるなり立ち上がり、大股（おおまた）でドアに向かったのだ。カレンも慌ててその背を追った。

すでに花嫁探しは周知の事実なのだろう。グレースとともに廊下を突き進むと、すれ違う兵士や侍女、使用人たちですら、不躾（ぶしつけ）に好奇心剥（む）き出しの眼差（まなざ）しを向けてきた。

グレースはまっすぐマデリーンのいる部屋に向かった。

「マデリーン様はいらっしゃる？　グレースが来たと伝えてくれるかしら」

胸に黒薔薇を飾る近衛兵に声をかけると「誰も通すなとの仰せです」と返ってきた。

「王妃すら通すなと言うの？　お前は誰に仕えているのかしら？　一国の王にかしずくか、公爵夫人にかしずくか、ここではっきりとなさい。いつでも紹介状を書いてあげるわ」

グレースが閉じた扇でさすと、近衛兵はたじろいで視線を彷徨わせた。

「そんなことも判断できないのならこの城に必要ないわ。荷物をまとめて――」

グレースは、ドアが開くのを見て口を閉じた。

「騒がしいと思ったらグレース様か。なにか用か？　立ち話もなんだ。入りなさい」

マデリーンはカレンを一瞥したあと涼しい顔でグレースに声をかけた。不満もあらわに開け放たれたドアをくぐるグレースに続いてカレンも躊躇いつつ入室する。

室内には執事のアダム・アボットと侍女が三人、テーブルの上の紙の束に目を通していた。

（あ、あれって、まさか……）

ゴクリと唾を飲むカレンの耳に、マデリーンの声が響いた。

「散らかっているが許せ。これでも二次審査なんだ。一次審査で七割落とし、二次審査でさらに七割落とす予定だがどんどん応募が集まってな」

「――なんの応募ですか」

グレースの問いにマデリーンが口角を引き上げる。

「知っていて来たのではないのか？　花嫁探し——第二王妃の選定だよ」

「私は聞いていません」

「私の独断だ。陛下にも伝えてない。むろん、体が弱いと聞いていたから、負担になると考え王妃殿下への相談も差し控えた。しかし、今日はずいぶん調子がいいようだな。病弱とは思えない勇ましさだ」

　からかうようなマデリーンに、グレースの表情が険しくなった。

「こんなことが許されると？」

「私はマデリーン・ラ・ローバーツ、ラ・フォーラス王国の王の姉だ。私に意見できる人間などこの国にいると思うか」

　余裕の笑みを見せるマデリーンと、怒りを隠そうともしないグレース——室内の空気が剣呑になっていく。今回のことは一方的にマデリーンに非がある。けれど、彼女の立場なら無理を押し通せてしまうのだ。

　高貴な身分である上に、国政に深くかかわる女なのだから。

（グレース様は政務にかかわるどころか社交界すら掌握していない。小国の姫という立場も、貴族に反対されての婚礼も、なにもかもが弱みになる。このまま言い争えば、グレース様の立場がどんどん悪くなる）

　ぞわっと鳥肌が立った。

男を王妃に迎えたことが公になれば王家の恥だ。けれどマデリーンなら、それすら自分の手駒に替えてしまうのではないか。

「恐れながら申し上げます」

重々しい沈黙を、カレンはやんわりと打ち破る。

「なんだ？　発言を許可する」

「皆様お疲れのご様子。お茶をお淹れしてもよろしいでしょうか」

書類の山に溺れる執事たちを横目に提案すると、マデリーンはふっと口元を歪めた。

今日のところはお前に免じて許してやろう。そう言われている気がして生きた心地がしなかった。

3

援軍とともに移動するときは野営が基本だ。帝国軍は民家を見つけると無理やり押し入って宿にすると聞いたが、ヒューゴはそうしたことは好まず、天候が安定しているときはテントも張らずに雑魚寝が常だった。

たまに狼だの野犬だのに襲われるわけだが、慣れたものでその都度駆除している。

王都を出て五日目の夜。

兵士たちに交じって食事をとり、さあ寝るかと横になったとき、満天の星空に目が釘付けになった。毎夜見ているのにその日は妙に感傷的になって、しばらくぼんやりと夜空を眺めた。

カレンは今ごろなにをしているだろう。バラアンの新刊がいつ出るか胸を躍らせつつグレースと本を読んでいるだろうか。執筆が滞り、覆面作家ジョン・スミスとしての活動はしばらくできそうもないから、城に戻ったらなにか喜ぶものを用意してやろうか——そんなことをつらつら考えていると、どこからともなく羽音が聞こえてきた。

夜に飛ぶ鳥は意外と多い。夜行性の小動物をエサにするためだ。しかし、野営地にやってくる鳥は珍しい。まさか鳥報か。急急の用件を報せるため訓練された鷹を放ったのか。

体を起こすと、間もなく鳥報係のアントニオ・ブルーが鷹とともにやってきた。

「陛下、鳥報です。政務についての報告がありました。マデリーン様がうまく取り仕切っていらっしゃるようです。それから、陛下宛に赤い紐がかかった手紙も届いています。送り主の名は書かれていませんでした」

政務の報告はレオネルからだった。では、私信は誰からか。赤い紐をはずし、そして。

「……陛下。無茶苦茶顔がゆるんでますが」

アントニオの言葉に、表情を引き締めようと咳払いする。

「王妃殿下からですか。やっぱり離ればなれは寂しいと……って、違うんですか」

付き合いが長いだけに敏感に言い当てられ、ヒューゴはつつっと視線をそらせる。

「まさか、噂の侍女ですか⁉　本当にカレン・アンダーソンからですか⁉」

「声が大きい！」

「だって、あの陛下ですよ⁉　酒より戦、賭博より戦、女より戦、戦、戦、戦ずくめで浮いた話が一つもない陛下ですよ⁉　王妃殿下と結婚するって言い出したときも、なにをとち狂ったのかと心配しましたが、今度は田舎から来た侍女ですか⁉」

「不満ならお前も花章を受けるくらい活躍してみろ」

「騎士団の団長になるより難しいもの、どうやったら受けられるんですか。無茶言わないでください。それより、なにが書いてあるんですか？　会いたいとか？」

とたんに下世話な話に切り替わった。

「待て、今読んでる途中……なんだと……⁉」

カレンからの手紙に頬をゆるめていたヒューゴは、堅苦しいあいさつとヒューゴの身を案じる言葉のあとに続く報告に目を剥いた。

「どうしたんですか？」

「──城に帰る。誰か、馬を用意しろ！」

「待って！　待ってください！　急にどうされたんですか？　強行軍でここまで来たんですよ。陛下が援軍を引き連れていかなきゃ誰が行くっていうんですか？　部隊の士気にもかかわります。帝国が増援を出してること、陛下もご存じでしょう」

「あとは任せた。こんなことが看過できるか！」

激昂するヒューゴに、眠っていたはずの兵士たちも目を覚ました。連日の強行軍で皆疲れ果てている。少しでも休ませてやらないと戦地で命を落とすことになりかねない。

わかっているのに、頭に血がのぼって気持ちだけが急いてしまう。

「一体どうされたって——え？　なんですか、これ。花嫁探しって、誰の」

ヒューゴが私信を突き出すと、アントニオがさっと目を通して困惑の表情になった。

「俺はなにも聞いてないし、聞いたとしても許可するはずがない。にもかかわらず姉上が、抗議すらできないタイミングで仕掛けてきたんだ……!!」

普段は仲のいい姉弟だが、マデリーンは、今回に限らずやることがとにかく極端だ。花がほしいと、当たり前のように店どころか農場ごと買ってしまうような女だ。

「グレース様はお体が弱いですからねえ。帝国との紛争も頻発してますし、マデリーン様としても世継ぎを心配されていらっしゃったのでは」

「なにかあれば姉上の子が国王になる。最高の誉だろう。俺なんて、むしろ早死にしたほうが姉上にとっては有益であるはずだ。それなのに、なぜ第二王妃を迎えようとする？」

「そ、それは」

「とにかく、今すぐ花嫁探しを中止させる。誰か！　馬を用意しろ！」

怒鳴るヒューゴにアントニオは慌てた。

「だからそれは待ってください！　あなたがいるといないとじゃ士気にかかわるんです！　旗頭が不在となれば戦況が不利になることはご存じでしょう！　戦地において陛下は希望なんですよ!!　それにほら、ここご覧ください！」

アントニオを引きずったまま馬に向かったヒューゴは、顔面に突きつけられた私信に足を止めた。怒りに震えつつ紙の端に書かれている小さな文字に目をこらす。

「――カレンが、花嫁探しに、参加する……」

唖然としたあとヒューゴの口元がゆるむのを見て、アントニオがようやく離れた。

「よかったですね、陛下。意中の女性が積極的で。よほどの逸材がいない限り、カレン・アンダーソンが第二王妃に選ばれるでしょう」

「……そうだな……」

王城を発つとき、彼女の顔を長く見ていられなかった。見れば言葉をかけたくなる。抱きしめて彼女のぬくもりを求めてしまいそうになる。

そのまま、攫いたくなる。

だからおのれを制し、言葉もかけず、心だけ残して辺境へと向かった。

帝国を退け城に戻れば今まで通りの生活が待っている。そう思っていた。

けれど、カレンが花嫁探しに参加する。今まで彼の求めに応じず、名前すら呼んでくれなかった娘が、はじめて積極的に動いてくれている。

――半年以上前、はじめてカレンに会ったときは奇妙な娘だと思った。自己評価が低い反面、ずば抜けた行動力を持ち、一度決めたらとことんやり尽くす極端な性格で、連日連夜厨房に入り浸ってあらゆるものを磨き上げていた。その姿は不思議と美しく、応援してやりたいと素直に思った。勘もよく、十年以上誰にも気づかれずに城を抜け出していた彼をあっさり追尾してきたときは舌を巻いた。そのうえ献身的な面も持ち合わせ、やがて人々を蝕むだろう薬物を危険も顧みず焼き払った。

活発で、めまぐるしく状況を変えていく娘――ヒューゴはいつしか強い関心を抱いた。

気づいた頃にはすっかり虜になっていた。

「おめでとうございます、陛下。浮かれすぎて戦地で怪我しないでくださいよ。あ、鷹を飛ばしますか？　返事、書きますよね？」

思わず口を押さえるヒューゴに、アントニオが苦笑とともに声をかける。

「アントニオ、祝辞はまだ早いだろ。けど、カレン・アンダーソンが第二王妃かあ。城で何度か見かけたけど、優雅で愛らしい女性でしたよねえ、陛下」

今まで激戦を幾度となくくぐり抜けてきた戦友の一人が、気安い調子で声をかけてくる。どうやらヒューゴをからかっているらしい。

「しかし、優勝候補が満を持して参戦なんて、出来レースもいいところですね」

「花嫁探しなんてやる意味があるんでしょうかね」

部下たちが首をひねる。確かにその通りだ。マデリーンがなにを考えているのか不明だが、無駄な行動と言わざるを得ない。

カレンの参戦に驚喜し羽目をはずしている場合ではない。ヒューゴは軽く咳払いした。

「引き続き警戒はしておくか」

グレースが男装して町へ出た一件以来、ヒューゴはハサクに王妃周辺の異変をさぐらせていた。報告がまだないということは、結果が出ていないということだ。

「グレースを尾行していたのは姉上の手の者か、あるいは」

部屋は近衛兵が守り、警護もつけている。それでもぬぐえない不安に、ヒューゴはぐっと奥歯を噛(か)みしめる。

「なにはともあれ、城に戻ったら婚約式ですね！」

「バカだな。カレン・アンダーソンは平民なんだから、まずは後見人選びだろ。貴族連中がこぞって名乗りを挙げてるから選ぶだけでも相当時間がかかるはずだ。それがすんだら王妃教育だ。今回はグレース様のときと違って時間もあるし、盛大な式典になるだろうよ」

部下たちが声を弾ませる。なんだどうしたと、すっかり寝入っていたはずの者も眠い目をこすりながら会話に交じってきた。

ヒューゴは星空を見上げ、愛(いと)おしい娘に思いをはせた。

第三章　王姉殿下はパーフェクトレディらしいですよ！

1

「カレンが第二王妃になるのは許せないけれど、カレン以外が第二王妃になるのも許せないわ。私の侍女なら頂点を極めなさい。そして、立場をわきまえない令嬢たちを、全力で、完膚なきまでに踏み潰してやりなさい」

やっておしまい、と、グレースが扇の下で微笑む。

（わあ。グレース様、悪の女王みたい）

悪い顔だ。

「王太后様の教育係をも務めたわたくしが指導しているのですから、当然、一番でなくてはなりません。最低限、一番です。それ以外はあり得ません」

（ランスロー伯爵夫人が逃げ道を塞いできた！）

前王妃の教育係で、現王妃の教育係でもある彼女は、さらに第二王妃の教育係という栄誉をも手に入れたいらしい。今ですら第一派閥の顔役に並ぶほどの権力を持っているのに、さらに上を目指しているようだ。

(怖っ!!)

カレンは微笑みながら震え上がった。

「では、今日はダンスレッスンです。ハサクさん、パートナーをお願いできますか」

ランスロー伯爵夫人に尋ねられ、「余か？」と驚いたように首をかしげたハサクが、すぐに「いいだろう、付き合ってしんぜよう」と言わんばかりに近づいてきた。

「……私だって、相手役くらいできるのに」

部屋の隅で膨れるグレースを見て、カレンは目を瞬く。よほど悔しいのか、パチパチと扇でテーブルの隅を叩いている。

そんな姿を見て、カレンは決意を新たにした。

(なんとしてもグレース様の秘密を隠し通さなくちゃ！　いいえ、ここはあえて強気にいくべきよ。マデリーン様の弱みを握って優位に立つしかないわ!!)

意気込んだついでにぐりっとハサクの足を踏んだ。

まず、マデリーンの人となりを調べてみた。

「二年前に夫に先立たれたあと、領地を守りながら二人の息子を育てる立派な方よ。治水や開拓を積極的におこなって、領民からの評判もいいって聞いたわ」

「子どもの頃から聡明で、男だったら明主になられただろうってもっぱらの噂だよ。いや、陛下が悪いって言うんじゃなくてね、マデリーン様ができすぎなんだよ」

「マデリーン様ですか？　政務にかかわっているうえに聖人君子ですよ。花嫁探しを企画したのも、きっと深い考えがあってのことでしょう」

マデリーン・ラ・ローバーツの評価は、カレンが思っていた以上に高かった。

(なにか欠点はないの⁉︎　失敗談とか！　弱点は⁉︎)

誰も彼もがこぞってマデリーンを褒めたたえる。しかも、ヒューゴ不在の花嫁探しも、彼女なら深慮のうえでの決断と肯定的だ。

グレースの身の回りの世話をし、日に日に厳しくなるランスロー伯爵夫人の指導に身も心も疲れ果てながらも、カレンは持ち前の体力と根性でマデリーンの弱みを探して城内を奔走した。

しかし伝わってくるのは、マデリーンの功績と、第二王妃を夢見る乙女たち送ってきた大量の書類が、合格・不合格に次々と振り分けられているという話ばかりだった。

(非の打ちどころがないってことね。あり得ないわ、あんな完璧な人間なんて‼︎)

母としても、領主としても、女としても文句のつけようがないのだ。

愛息子たちに向ける愛情、領主としての手腕。言葉遣いや態度は横柄だが、そんなことなど霞んでしまうほどサバサバとしつつ色っぽい女は、政務ですら絶大な発言力を持つ。

しかも、彼女に仕える使用人たちすら完璧なのだ。

（とくにあのアダムっていう執事！　なんなの!?）

廊下で偶然会ったとき、いきなり嫌いなものを尋ねる訳にはいかないと、遠回しにマデリーンの好みを訊いてみた。

『なんでもお好きですよ。肉も魚も、野菜も果物も、薄い味つけも濃い味つけも、すべて』

そう答えたのだ。趣味を尋ねてみたら、

『なにもかも一通りたしなまれていらっしゃいます』

と告げる。休日はなにをしているかと問うと、

『その日によって違います。お忙しい方ですから』

取りつく島もない。

警戒されているのか、あるいは個人情報は徹底的に隠すつもりなのか、まったく隙がないのだ。他の使用人は『申し訳ございません、お答えできません』と返すばかり。

「どうしたら優位に立てるのかしら」

グレースの秘密は、なんとしても隠蔽しなければならない。相手が王姉だろうと、カレンの中ではグレースが第一なのだ。

思案しながら廊下を歩いていたカレンは、遠くから聞こえる歓喜の声に視線を上げた。

「きゃー、目が合ったわ！　あの人よね!?」

広い通路を埋め尽くすほど集まった娘たちが、誰かを見て騒いでいる。カレンはきょろきょろと辺りを見回したが、カレン以外、誰もいない。

「声かけてみる？　ああでも緊張しちゃう。うまく話せるかしら？」

華やかなドレスをまとっている者もいるが、大半はブラウスにスカートという質素な出で立ちの娘たちが、顔を赤らめて興奮ぎみに言葉を交わす。

彼女たちをときめかせるような人が近くにいるのかと、カレンはもう一度辺りを見回し、パタパタと近づいてくる足音に視線を戻した。

（え⁉）

一瞬にして、目の前に人だかりが移動してきた。

「カレン様ですよね⁉　カレン・アンダーソン様！　今朝、おブタ様の散歩をされているのをお見かけし、そうじゃないかとみんなで話していたんです！」

「王城にいるのは王妃様のおブタ様だけで、おブタ様はカレン様にとても懐いていると噂でしたので！　私たち、カレン様にお会いしたいと、ずっと話していたんです！」

（おブタ様って、トン・ブーのこと⁉）

凶暴でわがままなブタに様付けなんて前代未聞だ。しかも、カレンまで様付けである。

「カレン様はマデリーン様の推薦で花嫁探しに参加されるとうかがっています！」

「え……ええ、そうですが」

うなずくと、娘たちがいっせいに歓声をあげた。

「これまでの華々しい功績を考慮して、審査を免除されて最終選考に臨まれるとか」

（最終選考って、学び舎みたいな言い方をするのね）

貴族だけが通える学校が存在するとバラアンに書かれていたのを思いだし、はっとする。

「書類審査や面接はないんですか？」

「当然です！　カレン様は花章を受けられた尊い方ですもの！　庶民の希望の星です！」

娘たちが書類審査で一喜一憂し、一般教養やマナーでふるいにかけられ、いつ自分が不合格になるかと怯えて過ごす中、カレンだけが特別待遇で最終まで残れるらしい。

（こ、心苦しい）

カレンが最終選考まで残るのは優秀だからではない。マデリーンの命令だからだ。けれどここで訂正するわけにもいかず、カレンは引きつった笑顔を浮かべた。

「最終選考には大派閥からも幾人か令嬢が出るって噂で、私たち、今からドキドキしてるんです。貴族の方と肩を並べて争えるなんて、すごいことだと思いませんか？」

「大派閥？」

カレンはいやな予感に眉をひそめた。

「王侯派の第一派閥、新興貴族が中心の第二派閥、元流民で構成された第三派閥、そして、成金の第四派閥！」

「成金だなんて！」

金髪をきれいに結い上げた娘が堂々と告げると、隣にいた茶髪の娘がケタケタと笑った。

「だめです、そんなことを大声で言っては」

ひときわ美しい黒髪の娘が慌てたように窘める。すっとスカートをつまんで一礼する姿は、貴族の令嬢と見まがうほどに軽やかだった。

「カレン様、どうぞお目こぼしを」

「え、ええ」

気圧されながらもうなずく。すると、美しい黒髪の娘が、ほっとしたようにはにかんだ。面接で容姿までふるいにかけられているためか、どの娘も顔立ちが整っているが、やはり彼女が抜きん出ていた。

（うわあ、負けそう）

今の時点で勝てる気がしない。カレンは彼女たちをねぎらい、早々にその場をあとにした。

マデリーンの弱みも握れず、花嫁探しばかりが着々と進んでいく。勝ち残るのは千人を超える応募者の中から選び抜かれた乙女だ。

「胃が痛くなる……っ」

カレンはよろよろと厨房に向かい、ティーセットを受け取ると王妃の私室へと戻る。近衛兵に開けてもらって応接室に入ると、グレースが不機嫌顔でソファーに腰かけていた。

「すぐにお茶をお淹れします」

声をかけると睨まれた。

「ハ、ハサクさんはどこに行ってるんでしょう。毎日姿が見えないなんて職務怠慢で、ひっ」

いないと思ったら部屋の隅にいた。

「びっっっくりした！　いるならいるって言ってください。人騒がせな！」

思わず文句を言うと、ぴっとハサクが右手を挙げた。

「ど……どうぞ」

「余はこれでも仕事をしている」

「あなたの仕事はグレース様の護衛じゃないですか。それなのにほとんど部屋をあけて……ま、まさか、城にやってくる乙女たちを連日毒牙に!?」

「抜かせ。しばらく女は懲りごりよ。……興味がある女が、いないわけではないが」

ちらりとグレースを見るハサクにカレンはぎょっとした。

ずっと想いを寄せていた女と死に別れ、女性自体に興味はない。いつもは平静を装っているが、心の傷がそう簡単に癒えないのは当然だろう。

（それなのにグレース様は気になるの!?　それはただの違和感!?　それとも、足を踏み外しかけてるってこと!?）

男性同士の恋愛は、薔薇伯と呼ばれて熱狂的なファンがいる。手ひどく異性にフラれたせいで同性しか愛せなくなったなんて、本の中ではよくある展開だ。

（マデリーン様ばかりかハサクさんまで警戒しなきゃいけないなんて！　今まで無事だったけど、そういえばこの人、鍵を開けて襲いかかってくる人だった――!!）

今はなくした恋に心を痛めているが、癒えたら間違いなく動くタイプだ。

（よし、とりあえず追い出そう。接点は可能な限り減らそう）

カレンはにっこり微笑んで、ハサクを部屋から追い出した。「急にどうしたの」とグレースは不思議そうにしていたが、「近衛兵が護衛をしていますから」とだけ答えた。

（ううう、胃が痛い。どんどん痛くなる。宰相さんが倒れるのって、こういう感じかしら）

胃痛は宰相家の血筋ゆえか。腹をさすっていると溜息が聞こえてきた。顔を上げると、グレースの不満げな顔が視界に飛び込んできた。

「申し訳ございません。お茶の用意を、ただいま」

「……宰相家から手紙が届いてるわ」

「ギルバート様からですか？　今、閣下とバラアンの最新刊予想をしてるんです」

ギルバートは前々宰相で、カレンの実の祖父にあたる。もっとも彼はその事実を知らず、王妃の侍女としてカレンと接している訳だが、大衆娯楽小説を熱く語れる数少ない盟友だ。

「お前は物好きが過ぎるわね。……それからもう一通、本当は渡すのも癪なのだけれど」

グレースは、封書とともに赤い紐のかかった小さな紙を手にする。

「さっきレオネルが来て、これをカレンにと」

「これは？」

「鳥報よ」

カレンはカッと目を見開いた。

「訓練した鷹を飛ばして密書を運ぶ、王と、王が許可した者だけが許された伝達手段！　バラアンではアンソニーの活躍で、王が窮地を逃れたという伝説の鳥報！」

「が、それよ」

「……なぜ私に渡すんですか」

密書なのに、と、カレンは疑問をそのまま言葉にする。言葉にして、ぎょっとした。

「わ、私、これと似たものを、宰相さんに言われて書いた覚えがあります。陛下と連絡を取るから、短い私信なら一緒に送れる、からって……っ」

「それが鳥報よ」

「あんな駄文を鳥報で送ったんですか⁉」

ひいっとカレンは悲鳴をあげる。レオネルは一言も言ってくれなかった。カレンの書いた駄文を密書として受け取ったヒューゴがどう思ったか考えて青くなる。

（って、これもしかして陛下から⁉　陛下からなの⁉　なにが書いてあるの⁉）

赤い紐がかかった小さな紙を手に、カレンはぶるぶると震えた。見たい、でも夜まで待たないと、見たい、でも待たないと、と、一人ぐるぐるしているとまた溜息が聞こえてきた。

「も、申し訳ありません。すぐにお茶を……」

「お茶は自分で淹れるからさっさと読んでいらっしゃい。……そばにいる私より、ヒューゴ様のほうがお前の機嫌を取るのがうまいのだから腹立たしいわね」

「グレース様」

「ほら、私の気が変わらないうちに行きなさい」

「ですが」

「行きなさい。主人の命令が聞けないの？」

グレースに睨まれ、カレンは一礼して使用人部屋に行った。

赤い紐で留められた小さな紙片。カレンは椅子に腰かけ、大きく息を吸ってから赤い紐に手を伸ばす。けれど、緊張しすぎてうまくつかめない。

（返事が来るなんて思ってなかったから！　そ、それに、私が手紙を書いて、まだ十日もたってないのよ!?　驚いて当然じゃない……!!）

もしかしたら、カレンの手紙を読んですぐに返事を書いてくれたのかもしれない。

そう思うと動転して、呼吸困難になってしまう。

（落ち着くのよ。これじゃ変態だわ）

手紙を前にはあはあしてるなんて、年頃の娘がすることではない。胸に手を置いて深呼吸を繰り返し、気を静め、改めて紐を解いて丁寧に紙を開いた。カレンが送ったものと同じ小さな紙片だ。そこに細かい字で、天候が安定し、移動が順調であることが手短に書かれていた。

（たくさんの人のために書かれたものじゃない、私のためだけに書かれた言葉だ）

行程が記された、色気も素っ気もない報告書のような手紙だ。

それでもカレンにとってはなにより尊く、嬉しい贈り物だった。

（陛下がくれた私信ってことは、ジョン・スミスからのお手紙ってことでしょう⁉　家宝にしなきゃ罰があたるわ！）

興奮に前のめりになると、紙の端、カレンが手紙に花嫁探しに参加することを書いたちょうど同じ場所に、小さな文字を見つけた。

〝無理はするな。だが、頑張れ〟

労りながらも添えられた控えめな応援に胸の奥があたたかくなる。

（私は、現金だ）

マデリーンの弱みを握れずに焦り、集まってきた花嫁候補生たちに弱気になっていたのに、ヒューゴのさりげない一言でこんなにも救われる。

頑張れると思えてくる。

ほっと短く息をつき引き出しを開けると、そこには先日もらった香水瓶とともに、グレースの侍女として故郷を出るカレンに姉が持たせてくれた首飾りが入っていた。美しく華やかに咲き誇る三輪の薔薇を蔦が包み込む意匠――亡き父が持ち、そしてカレンに託されたもの。

彼女が宰相家の娘である証の品だ。

首飾りをそっと撫でてから、隣にヒューゴから届いた手紙を置いた。

(夜にもう一度読もう。次の日の朝も、その夜も)

自然、笑みがこぼれた。


カレンが独自で動いていることには気づいていた。

だがグレースは、これといって口を挟んだりしなかった。

カレンが動くときはなにか大きなことが動くとき――出会ってから今日、彼女はいつでもトラブルの中心だ。良くも悪くも状況を変えていく。

そんな彼女が、なにかに追い詰められたように落ち着かなくなった。焦燥が見て取れた。どう声をかけようか悩んでいるとき、ヒューゴから手紙が届いた。

それを読んでから、カレンは再び落ち着きを取り戻した。

遠く離れた場所にいてなお、ヒューゴはカレンを慰め力づけている。

本人は無自覚だが、カレンの中で、ヒューゴの存在が日増しに大きくなっているのだ。

腑に落ちない。

夜、悶々（もんもん）としながら湯浴みをすませて寝衣に着替えると、カレンが残り湯を部屋に持っていくのが見えた。

「カレンは浴場が使えるでしょう。入ってきていいのよ？」

王族の湯浴みには大量の使用人がつきそうのが常なので、性別を偽っているグレースは一切使わない。だが、カレンなら使用人用の風呂（ふろ）場を気兼ねなく使えるはずだ。

「実家では濡（ぬ）らした布で体を拭（ふ）いていたので、お湯を使わせてもらえるだけで贅沢（ぜいたく）です」

カレンはほくほくと残り湯とともに使用人部屋に引っ込み、しばらくするとさっぱりした顔で戻ってきた。

「よく眠れるように花茶（はなちゃ）を淹れますね」

ハサクから聞いたリュクタル流のお茶らしく、茶葉の代わりに乾燥した花びらを入れる。お茶もうっすら紅色で、香りは甘味を含み、飲むと体がぽかぽかしてくるのだ。

美しい所作で淹れられた美しい花茶を口に含む。香り同様、飲み口もほんのり甘い。不思議な飲み物だとしみじみ感心していると、

「グレース様、今日は私、ここで休んでもよろしいでしょうか」

思いがけない言葉にむせた。

「グレース様!?　大丈夫ですか!?　呼吸できますか!?」

花茶が気道に入ったのかうまく息ができない。ぜえぜえと乱れる息の合間に「なぜ」と問う

と、カレンがグレースの背中をさすりながら神妙な顔で答えた。

「グレース様のことをあきらめていないハサクさんが、夜這いに来るかもしれません」

先日、うたた寝して襲われかけたのは、おとなしくしていたハサクに油断していたために起こった失態だった。が、改めて言われると、ざあっと血の気が引いた。

「ド、ドアの前には近衛兵がいるわ」

部屋に入れさせなければいい。そう訴えたが、カレンは首を横にふった。

「ハサクさんはグレース様の専属護衛です。いきなり解任するわけにもいきませんし、理由も告げずに出入りを禁止するわけにもいきません」

「だったら勝手に入ってこないようにドアに鍵をかけておけばいいわ」

「ハサクさんは、日常的に護衛と入れ替わっても違和感ないくらい基本的な身体能力が高いんです。ドアから入れなかったら窓から来る可能性があります」

カレンの指摘にグレースは身震いした。

「わかったわ。切りましょう。宦官というのがいるのよね、リュクタルには」

去勢すればバカな考えは起こさないだろう。グレースが名案を口にすると、カレンは再び首を横にふった。

「禍根を残すのは好ましくありません。ここは保身が無難かと」

カレンはそう言いながら戸締まりをし、ドアの前には家具を、窓の前には花瓶を置いたテーブルを移動させた。無理に開けようとすれば音がする仕組みだ。

そして、使用人部屋から枕と毛布を持ってくるなりちょこんと床に座る。

「なにをしてるの？」

枕を丁寧に整えつつカレンはこうのたまった。

「寝床の準備です」

普段からペット用のベッドで寝ているから床で寝ることにも抵抗がないのだろう。しかしもちろんグレースは不満だった。当然だ。

「私と寝るより床で寝たほうがマシという意味？　ヒューゴ様のときには応じたのに？」

「そ、それにはいろいろと事情がありまして」

もごもごと言葉を濁すカレンに、グレースは自分の髪をつかんだ。

「わかったわ。カレンは異性と寝たいのね。だったらカツラくらいはずしてあげる」

「いえ！　そのままで結構です！」

「だったらこっちにいらっしゃい」

「う、うう」

「私がそっちに行きましょうか？」

乱暴に尋ねると、カレンはそろりそろりと近づいてきた。しかし、なかなかベッドに入ってこない。カツラに手をかけ、枕を抱きしめ立ち尽くすカレンを見つめると、唐突に彼女の体が大きく傾いてグレースの胸に倒れ込んできた。

カツラがズレて視界が塞がれる。

体を起こすと頭から独特の圧迫感が消え、髪束がベッドに落ちた。

刹那、傲慢で人を寄せ付けない王妃から、気弱で臆病な本来の自分に戻っていた。

「カレンさん、どうしたんですか……!?」

体を起こすと枕を咥えたトン・ブーと目が合った。使用人部屋から出ていくカレンを見て自分の枕を咥えてついてきたらしい。そして、立ち尽くすカレンに突進したのだ。

幸いグレースの上には、枕を抱いたカレンと、枕を咥えたトン・ブーの体の一部が乗っているだけで息苦しさはなかった。

しかし、急に胸を圧迫されたせいか、カレンは苦しげな顔で気を失っていた。

グレースはそっとカレンに手を伸ばす。頬に触れようとして慌てて引っ込め、きつく唇を噛んでからもう一度そろりと手を伸ばす。

けれど、どうしても触れられなかった。

女装をしているときは抵抗なく触れることができた。ヒューゴがいるときも、対抗心から大胆な行動を取った。だが、こうして二人きりだと触れることさえできなくなってしまう。

出会いはけっして恵まれたものではなかった。今だって、無理やりカレンを故郷から連れ出したという負い目を、グレースは感じている。にもかかわらず、カレンは一度としてグレースを責めたりせず、むしろいっそうグレースに尽くそうとしてくれる。

「僕は、あなたの幸せを願っています。誰よりも、願っているんです」

ヒューゴに惹かれるカレンを歯がゆく思うと同時に、彼女を惑わすヒューゴに腹を立ててい
た。どうして自分ではだめなのか、そう問おうとして、問えない立場に愕然とした。

古都の姫として生きることを誓った過去を後悔する日が来るなんて思いもしなかった。

大切な人に守られるより、大切な人を守る人間になりたい。

グレースはきつく目を閉じ、両手で顔をおおった。

2

「第一派閥からは、アビゲイル・ド・アーネット侯爵令嬢が最終選考に出ることになった。十七歳で、礼儀正しく、実に貴族らしい貴族のご令嬢だ。第二派閥からはトゥルーサー公爵家の長女、ヘンリエッタ・ロシャス・トゥルーサーが出る。彼女は十四歳で、すでに社交界にデビューを果たし、取り巻きもいるらしい。第三派閥からはスリーマン伯爵が推薦するサラ・コリンズ伯爵令嬢……彼女は二十一歳だ。ふくよかで、無欲な女性という噂だ。第四派閥からはフォレスター子爵が推薦するローリー・キングスレイ子爵令嬢……ん、二十五歳か。許婚がいたらしいが、破談になったと書いてあるな。社交的で友人も多い、と」

「あの」

「十日で集まったのは二千通以上。王都近隣はもちろん、本人の許諾（きょだく）を得ず勝手に書類を送った者もいたそうだ。ただの町娘が国母になれるまたとない機会に、皆の鼻息もさぞ荒くなったことだろう。十日という短い期間だったのが悔やまれるな」

「発言の許可を求めます！」

「ちなみに公募からの合格者は一名だ。狭き門をくぐった幸運な娘の名は、リーリャ・リッチー。家業は花屋で、十九歳だ。なかなかの美人だったぞ」

「マデリーン様！　発言の許可を！」

叫ぶカレンににやりと笑い、マデリーンがテーブルに手を伸ばす。ガラスの器には、一粒一万五千ルクレもする高級果実がこぼれんばかりに盛られている。

（あれだけで四十五万ルクレはあるんじゃないの!?　巻き毛牛（まきげうし）の子牛より高価！　って、そうじゃなくて！）

「なぜ私がここに呼ばれたんですか？」

トン・ブーの散歩の途中に声をかけてきたのはマデリーンの執事であるアダム・アボットだった。内密に呼び出されたのに、話が一向に進まない。

「せっかちな娘だな。貴人の許可もなく発言するとは、教育がなっていない」

「そんな娘に何用でございましょうか」

開き直って尋ねると、マデリーンが再び喉の奥で低く笑った。そんな笑い方がやっぱりヒューゴに似ていて、けれどやはり彼とは異なるもので、カレンの表情がますます険しくなる。

今、部屋にいるのはカレンとマデリーン、執事のアダムの三人だ。

人払いをするかと思いきや、マデリーンは「では、命じよう」と楽しげに声を弾ませた。

「第一派閥から選出されたアビゲイル嬢の手助けをしろ」

一瞬、なにを言われているのかわからなかった。

「どういう、意味ですか」

間抜けなことに、カレンは茫然としたまま尋ねていた。喉が干上がる。鼓動が鼓膜を揺らし、すべての音が遠ざかっていく。

(手助けをしろって、第一派閥の令嬢を第二王妃にしろってこと？)

第二王妃はヒューゴの妻だ。ヒューゴと結ばれる女だ。

立ち尽くすカレンに笑みを向け、マデリーンは果実を咀嚼してから言葉を続けた。

「第一派閥が王侯派というのは知っているな？　私の亡夫も第一派閥の中心的な人物だった。王族にとって、一番結びつきを強めたいのは第一派閥だ。他の派閥の令嬢を第二王妃に据えれば不満が噴出するだろう。第一派閥はもちろん、それ以外の派閥からも。だから」

「アビゲイル様を第二王妃に……？」

カレンが問うと、マデリーンが扇で口元を隠し、目を細めた。ヒューゴと同じ空の青を切り取った色。そこにあるのはすべてを包み込む優しい青ではなく、冷酷な果てのない青だった。

「お断りをしたら」

「お前が隠したがっている秘密を公にする。そうなれば、陛下は否が応でも第二王妃を迎えねばならなくなる。一番確実で、一番安全なところから」

つまり、どう転んでもマデリーンの手のひらの上ということだ。

カレンは震える唇をぎゅっと嚙みしめた。

（グレース様が男だと知られ離縁することになれば、古都はラ・フォーラス王国の庇護を失う。陛下とグレース様が守ろうとした国に帝国が攻め入ってくる。それだけは絶対にだめ）

今ですら古都は帝国の脅威にさらされ、ヒューゴは、王妃の祖国である古都を守るという大義で戦っているのだ。

大義を失えば兵は動かせない。

（私はマデリーン様にしたがうしかない。したがって、グレース様の秘密を守らなければならない。でも、だけど、そうしたら……）

ヒューゴの隣で、知らない女が微笑む未来が待っている。その女は、一介の侍女などではなく、彼にふさわしい地位を持ち、王家の利益になる女だ。

それがマデリーンの望みなのだ。

「返事はどうした？」

漆黒の扇の下、美しい女が楽しげに唇を歪めて尋ねてくる。

逃げ出したい。今すぐヒューゴのところに行って、不安を拭い去ってしまいたい。彼ならきっと、花嫁探しなんて不要だと一笑にふしてしまうはずだ。

ヒューゴがここにいたら、いてさえくれれば。

けれど彼は戦場で、ここにいるのは傍若無人に振る舞う彼の姉だった。

カレンは顔を伏せ、そっと口を開いた。

「仰せのままに」

ようやく出た声が震えなかったことだけが幸いだった。

どうやってマデリーンの部屋から出たのか、カレンはよく覚えていなかった。

王妃の私室にたどり着くと、グレースが怪訝な顔をしていた。

「どうしたの？　ひどい顔色ね。体調が悪いなら休んでいなさい。倒れられたら迷惑だわ」

「……ありがとうございます」

言葉尻はきつくとも、カレンを案じるような眼差しを向けてくる。打ちひしがれるカレンを気遣って無理に問いただしてこないグレースの優しさに感謝し、使用人部屋に引っ込んだ。

椅子に腰かけ、人間用のベッドで眠るトン・ブーをぼうっと見つめる。

なにも考えられなかった。

視線を寄越してきたトン・ブーにも気づかず放心していると、ノックの音が聞こえてきた。

カレンは目を瞬き、「どうぞ」と声をかける。グレースがカレンを呼ぶときはノックなどせず、ドア越しに声をかけるか呼び鈴を鳴らす。だからノックなどはじめてだった。

ティーセットがのった台車を押しながらグレースが部屋に入ってきた。

「お前は座っていなさい。私が淹れるわ」

立ち上がろうとするカレンを軽く制し、グレースがテーブルにティーセットを置く。マナー教室を受けてはいるが、お茶を淹れるグレースの手つきはどことなくぎこちなかった。

「仕方ないでしょう。身代わりになる前はお茶なんて高級品を飲める生活ではなかったし、古都の姫になってからは侍女がやっていたんだから。王都に来てランスロー伯爵夫人に指導されるまで、茶葉すら触ったことがなかったわ」

圧倒的に経験が足りないのだ。手伝おうとしたら止められて、カレンはおとなしく椅子に座り直した。

「へ……下手(へた)だけど、飲んでくれたら、嬉しいわ」

声がどんどん小さくなる。緊張しつつ淹れたお茶をそっと差し出したグレースは、真っ赤な顔を隠すようにそっぽを向いてしまった。

カップを持ち、顔に近づける。香りはいい。いつもカレンが淹れているお茶だ。

グレースの世話は一切合切カレンがおこなっているから、いきなり厨房にやってきてティーセットを要求したグレースを見て、料理人たちはさぞかし驚いたに違いない。

鈍い思考のままお茶を口に含むと舌が痺れた。どうやらとんでもなく苦いらしい。

「……おいしくないですね」

ぽつりとつぶやくカレンに、グレースが唇を尖らせた。

「悪かったわね」

そう言いながらも、カレンがお茶を飲むのを嬉しそうに眺めている。

お茶を飲んでいるのに喉が渇く感覚を覚えるほどひどい味だ。普通なら、早々にカップを下ろしているはずのお茶だ。けれど。

「今まで飲んだ中で、一番好きなお茶です」

カレンが告げるとグレースはふわりと頬を染め、とびきり嬉しそうな顔で笑った。

（ああ）

カレンは何度か目を瞬いた。

（私が、守らなくちゃ）

この人の笑顔のために、うつむいてなどいられない。

「ありがとうございます。目が覚めました」

「今日はゆっくり休んでいなさい。用事は近衛兵に頼むから」

カレンが幾分元気を取り戻したためか、グレースは安堵したようにそう言って使用人部屋から出ていった。

カレンは苦いお茶を飲み干し、ふっと息をつく。

すべてはマデリーンの手のひらの上。どうあがいても彼女が望む結果にしかならない。

(私が逃げれば害はグレース様に及ぶ。マデリーン様はきっと手加減なんてしない)

乱れる気持ちから目をそらし、カレンはぐっと唇を噛んだ。

3

翌日、最終選考に進んだ娘たちの顔合わせがおこなわれた。

王城の一室に集められたのは、カレンを含めた六人の娘たち。

まず口火を切ったのは、細かく波打つ茶色の髪が印象的な少女だった。大きくぱっちり開いた目の下にはうっすらそばかすが浮き、小柄ながらも勝ち気そうな表情が印象的だ。リボンとレースをたっぷりあしらったドレスの裾をちょんとつまみ、軽く会釈する。

「ヘンリエッタ・ロシャス・トゥルーサーですわ。皆様ご存じだと思いますけれど、トゥルーサー公爵家の長女で、大変な資産家でもありますのよ。以後、お見知りおきくださいませ。まあ、わたくしを無視するなんて不可能でしょうけれど」

高笑いで牽制してきた。

（いきなり濃いのが来た！）

カレンはぎょっとした。

「では、次は私が」

声をあげたのは、黒髪を男のように短く切った娘だった。浅黒い肌に宝石をちりばめたドレスが映え、肉感的な体をいっそう強調していた。ばさりと開いた扇は金でできているらしい。

「ローリー・キングスレイよ。子爵令嬢だけど、資産だったら負けていないわ。成金貴族とそしられることもあるけれど、仲良くしてくれたら損はさせないわよ」

にっこりと微笑んだ。

（すがすがしいくらいお金のにおいしかしない人も来た！）

次はどんなのが来るのかと期待して視線を彷徨わせると、ぽっちゃり乙女と目が合った。派手な赤毛をローリー・キングスレイよりさらに短く切り、髪型だけならまるきり男性だ。緑の瞳を濁らせる娘は、民族衣装を連想させる独特な作りの服を身につけている。

「サラ・コリンズです。適当に頑張るので、適当によろしくお願いします」

（無気力女子も来た！）

会釈するのも面倒と言わんばかりに、ちょっぴりスカートをつまんだ。残るはカレンを含め三人。隣でおろおろしているのは、白いブラウスに柄も生地もまったく違ったスカートを合わせ、手入れはされているが古い革靴を履いた黒髪の美しい娘だった。どう見ても平民から選出された庶民代表である。

（ってことは、もう一人が……）

第一派閥から選出された令嬢——マデリーンが第二王妃に望む娘。

皆の視線を受け、優雅に扇を広げて小首をかしげる細い肩から、豊かに波打つ金の髪がさらさらと流れた。顔を上げると意志の強そうな金茶の瞳がきらめいた。

「わたくしは最後でよろしかったのですが……建国以来王家に仕えてきた重鎮アーネット家の末子、アビゲイル・ド・アーネットですわ。マデリーン様より推挙いただき、この場に馳せ参じました。どうぞ皆様、よしなに」

扇を閉じ、スカートにそっと手を添え、古風ながらも美しい所作で一礼する。その場の空気を一瞬で塗り替えるような威厳が、彼女には確かにあった。マデリーンの推挙と、自分がいかに有利であるかの主張も忘れていない。

（私が、勝たせなきゃいけない人）

ごくりと唾を飲み込む。胃がキリキリする。吐きそうだ。ぐっと奥歯を噛みしめると、質素このうえない格好をした黒髪美女が声をかけてきた。

「大丈夫ですか、カレン様」

まだ自己紹介もしていないのに、黒髪美女がカレンを呼ぶ。すると、貴族令嬢たちがいっせいにカレンを見た。

（ひいいい、怖い！　すごい勢いで睨まれてる！）

この女が⁉　そう言われている気がして肩をすぼめた。確かにカレンの外見は、誰がどう見ても〝普通〟だ。取り立てて美人でもないし、スタイルがいいわけでもない。全身を飾り立てた令嬢たちが〝花章を受けた女傑〟に不満を抱くのは致し方ない。

が、うつむいていても状況は変わらないと顔を上げ、黒髪美女を見た。

「失礼ですが、あなたは？」

「私はリーリャ・リッチーです。家は花屋を営んでいて」

「まあ！　リッチー生花店のお嬢さんなの？　リッチー生花店と言ったら、店舗が国中にあると言われるくらい大きな生花店よね？」

ぱあっと目を輝かせたのは、自己紹介で〝成金貴族〟と告げたローリーだった。そんな彼女にリーリャは「運がよかっただけです」と控えめに笑った。思わず見惚れてしまうくらい、きれいに笑う人だった。

「リッチー生花店の一人娘は美人と有名で、ひっきりなしに求婚があるとか」

「皆様、私をからかっているんです」

（モテること自体は否定しないんだ⁉）

冷やかしに慣れているのか受け答えにそつがない。無害と言わんばかりに微笑んでいた彼女が、すいっとカレンを見た。無言でうながされ、カレンはスカートをつまんで一礼した。

「カレン・アンダーソンと申します。タナン村出身で、今は王妃様付きの侍女として城で働いております。趣味は読書、特技は計算、好き嫌いはなく、体が丈夫なのが自慢です。よろしくお願いいたします」

一息で告げると、令嬢たちが目を瞬き、くすくすと笑い出した。

(……今の自己紹介、どこかおかしかった?)

疑問がそのまま顔に出てしまったらしい。第二派閥のご令嬢であるヘンリエッタが、小さな手で、ドレスに合わせたのだろうリボンをあしらった扇をパチンと閉じた。

「浅はかですわよ。顔合わせとはいえ、すでに最終選考ははじまっておりますもの。ご自分から情報を開示するなど、愚か者のすることですわ」

(な……なるほど！　この中では一番年下とはいえ、さすが貴族のご令嬢！)

「ご教授いただき痛み入ります。さすがトゥルーサー公爵令嬢、お心が広い」

感動しているとヘンリエッタが困惑顔になった。他の令嬢はきょとんとし、互いの顔を見合わせている。やがて、気を取り直したようにヘンリエッタが「お茶でもいかがかしら」と提案したので皆がテーブルに移動した。

「お見事です、カレン様！」

ついていこうとするカレンは、リーリャに声をかけられて振り向いた。

「あの切り返し、さすがです。私も突っかかってくる人には苦労するんですが、ああいう対応が一番確実ですよね」

（リーリャさんは実家の花屋を手伝ってるのね。……って、突っかかってきた？　誰が？）

　グレースのツンツンした態度に慣れすぎて、さっぱり理解できなかった。

　困惑しているカレンをリーリャが窓辺へと誘う。窓からは、庭師たちが丹精込め、トン・ブーが食い荒らす庭が見えた。

　令嬢たちは、テーブルにつくなり侍女を呼びつけてお茶の準備を命じている。

　カレンは窓辺に立ったリーリャを改めて見て声をあげそうになった。

（こ、この子、面接に来てた子!?）

　大派閥を見下していた少女を窘めた美しい黒髪の娘——一瞬にしてカレンの自信を砕いた相手だ。そう気づくと、緊張で体が強ばった。

「カレン様」

「あ、えっと……カレンと呼んでください。私もリーリャさんと呼んでいいですか」

「ええ！　カレンさん、素敵なドレスですね」

　リーリャの言葉にカレンは視線を落とす。花嫁探しに出ると聞いたランスロー伯爵夫人が用意してくれたものだ。曰く「わたくしが手塩にかけて育てている生徒の晴れ舞台です。女の戦いは、まず形から。侮られたら負けとお思いなさい」と。上等な布を使って作られたドレスはフリルをたっぷり使った華やかなもので、見た瞬間、卒倒するかと思った。

（装飾品まで一式用意してくださって、ありがたいやら恐れ多いやら……!!）

内心の動揺を隠し、カレンは礼だけを口にした。リーリャはふっと窓の外へ顔を向け、小さく息をついた。

「きれいな庭ですね。王妃になったらこれが全部私のもの。この国も、全部」

リーリャがうっとりとつぶやき、カレンの視線に気づいて「私ったら」と口を押さえた。

「もちろん、皆様に勝てるなんて大それたことは思っていません。でも、最終選考に残れたから、どうしても夢見ちゃいますよね」

「第二王妃になることを？」

「カレンさんもそうでしょう？」

マデリーンとの約束を思いだし、カレンは曖昧にうなずいた。

そして、お茶を楽しむ令嬢たちを無意識に見る。

（第一派閥のアビゲイル・ド・アーネット。マデリーン様が第二王妃に望む令嬢）

お茶を飲む所作すら美しい生まれながらにして貴族の娘。豊かに波打つ髪は光を弾いて輝き、薔薇色の唇が奏でる音は小鳥のさえずりに似て軽やかだった。令嬢の中で一番よくしゃべっているのは最年少のヘンリエッタだが、存在感はアビゲイルのほうが上だ。

「でも、意外でした」

聞こえてきたリーリャの声に、カレンははっと視線を戻す。

「マデリーン様は領地の管理や政務でお忙しいのに、第二王妃選びにも着手されるなんて」

「公爵様が亡くなって、二年でしたっけ」

カレンが話を合わせると、リーリャは勢いよくうなずいた。

「女好きで愛人を何人もかかえて、そのうえ浪費家だったせいで、公爵様が亡くなったあとマデリーン様がずいぶん苦労されたって聞きました。実は私の家、ワンドレイド公爵家にもお花を納入させていただいてて」

いろいろと噂が耳に入ってくるらしい。

(そんなふうに苦労されてるなんて、全然見えなかったけど)

夫の不始末に奔走した経験があるなら、花嫁探しなんて面倒なことを企画するだろうか。カレンからすれば、暇を持てあました貴人の余興にしか見えなかった。

(第一派閥から第二王妃を出さざるを得ない事情があったとか？　そういえば、陛下の許婚だったヴィクトリア様も第一派閥よね。ヴィクトリア様の代わりに異国の王女だったグレース様が王妃になったから、埋め合わせをしているとか？)

王姉自らが指揮を執り、公平性を見せつけるために茶番を開いている、ということか。

「マデリーン様からなにか聞いていませんか？　カレン様を最終選考に選んだのは、主催者であるマデリーン様ですよね？　個人的にお知り合いなんじゃないかと思って」

どうやら探りを入れられているらしい。令嬢たちは敷居が高いため、まずは平民であるカレンから、カレンが一番興味を持ちそうな話題を選んで声をかけたようだ。

「下々の者に、王姉殿下が直接お声をかけるとお思いですか？」

カレンが誤魔化すと、「そうですよね」と、リーリャはあっさりと納得した。

しかし。

（……マデリーン様の夫）

案外と、そんな場所から彼女の弱みが握れるかもしれない。

完璧な女性の伴侶だった男。

意外な援兵に、カレンは小さな希望を抱いた。

庶民代表リーリャ・リッチーの話によると、マデリーンの夫はとんでもないロクデナシだったらしい。

愛人はつねに十人ほどいて、彼女たちに貢いでは肉欲に溺れた。ドレスを買い与え、宝石を買い与え、家まで買い与え、領地管理には見向きもせず、好き放題に遊んでいたと言うのだ。

（クズだわ。ケダモノだわ！）

王侯貴族は生まれてすぐに許婚が決まることも珍しくない。マデリーンも例外ではなく、未来の夫は早々に決まっていた。年頃になるとマデリーンは遊びほうける未来の夫の体を心配し、手料理を作っては館に足しげく通っていたようだ。意外なマデリーンの一面だった。しかし、そんな無償の愛は未来の夫には届かず、彼は放蕩の限りを尽くした。日ごとに会う女性を替えていた時期すらあった男は、マデリーンと結婚してもその生活を変えなかった。

貴族なら愛人を囲うのも珍しくないと言うが、正直、聞いているだけで胸くそ悪くなる。

そのうえ。

（若くして愛人宅で腹上死とか！　あり得ないでしょ!?　本当に最低の男！）

尽くした夫に虚仮にされ、どれほどの屈辱だったのか。マデリーンに同情してしまう。しかし、そんな中でも息子を二人ももうけた彼女は、あるいは鉄の女だったのかもしれない。

（私なら無理だわ。愛する人がよその女と仲良くしてたら、絶対許せな……）

ふっと思い浮かんだのはヒューゴが知らない女と寄り添う姿だ。とんでもない妄想にカレンは赤くなった。

（ど、どうしてここで陛下が出てくるの……!!）

妄想を振り払っていると、リーリャが質問を投げてきた。

「カレンさん、ご存じありません？　公爵様が愛人とのあいだに子どもまでもうけたって話。慰謝料に相当な金額を払ったとかで、愛人はそれを元手に店を持ったとか」

「子ども……!?」

「たくさん愛人がいたのに一人だけだったたのは不幸中の幸いですけど。その尻拭いもマデリーン様がされたとかで、ちょっとした騒ぎになったんです。もう十年も前ですけど」

マデリーンは、どこへ行くにも夫の肖像画を持っていく。彼女に用意された部屋で見た、赤ら顔で団子っ鼻で、むっちりと肥え太った男が亡き夫だったのだ。

（あの奇っ怪な容姿の男のどこにそんな魅力があったの!?　マデリーン様は陛下と一緒で独特の嗜好をお持ちなの!?）

田舎娘を気に入るヒューゴと同じように、マデリーンにもなにか特別な感性があるのかもしれない。そうとしか思えない。

そうしてマデリーンの亡夫の話を聞いているあいだに顔合わせが終わり、カレンは王妃の私室に戻るなりグレースに半休を願い出た。「珍しいわね」と言いながらも、グレースはあっさりと許可してくれた。ドレスからシンプルな服に着替え、近衛兵にあとを頼んで町へ出る。

城を振り仰いだカレンは、ようやく一人であることを実感した。

（今までが贅沢すぎたのよ）

ヒューゴやグレースがいつもそばにいた。そばにいないときは馬車に乗っていた。今思うと、本当に贅沢だ。

カレンは深く息を吸い込み、辻馬車を拾った。目的は一つ。リーリャに聞いた〝公爵様の愛人だった女の店〟である。尻拭いをマデリーンがおこなったなら、元愛人からなにか話が聞けるかもしれないと考えたのである。

(第二王妃が決まるまでに情報を集めないと！　少しでも役に立つ話を聞かないと!!)

カレンは意気込む。元愛人が経営するという店は王城から意外と近く、馬車で三十分も走れば着く距離にあった。

(い……一体、いくらむしり取ったの……？)

王城から近ければ近いだけ、大通りに面していれば面しているだけ土地は高額になる。王城からやや離れているとはいえ、目的の店は大通りの一等地にあり、しかも、思った以上に広かった。雑貨を主力で取り扱っているが、店の一角には貴金属も置いているようだ。客の入りも上々で、若い女性を中心に賑わっていた。

カレンは馬車から降り、店の様子をうかがう。すぐに、客と話し込む店主に気づいた。

(あの人が元愛人？　なんか、思ったより普通だわ)

目鼻立ちは整っているが、一等地に土地を買い、大きな店を建てるほどの金を要求した貪欲な女には見えなかった。

ひとまず話を聞いてみよう。足を踏み出すと、目の前を幼い女の子が横切っていった。ぎょっと立ち止まるカレンに「すみません」と声がかかる。振り返ると、明るい金髪に青い目をした男性が、慌てたように駆けてきて少女の腕をつかんだ。

「急に走ったら危ないだろう。お姉さんとぶつかるところだったぞ」

「ごめんなさい」

親子らしく、女の子も金髪碧眼だ。愛らしく謝罪し、カレンの顔色をうかがっている。

「大丈夫です。気をつけてね」

声をかけると、女の子はぱあっと笑みを見せ、男の手を振り払っていきなり走り出した。

「こ、こら！　待て！　すみません！」

ぎょっとした男は、カレンに謝罪するなり女の子を追いかける。かわいいなあ、と、ほっこりしていたカレンは、目的の店に飛び込んでいく女の子に目を見開いた。

「ただいま、ママ！」

「アリシア！　裏口から入るように言ってるでしょ！」

元愛人が声をあげ、慌てて客に「すみません」と謝罪した。

（え!?　娘!?　じゃあ、公爵様と別れてから結婚したの？　このタイミングで愛人だった頃の話を訊かなきゃならないの!?）

女の子のあとから入店した男が、元愛人の夫であることは疑いようもない。日を改めるべきか、あるいは彼女だけを呼び出すべきか――しかし、母親の胸に飛び込み幸せそうに笑う女の子を見ていると、声をかけるべきではないと思えてくる。

立ち尽くすカレンの脇を、少女が一人、颯爽とすり抜けていった。

店内で笑っている女の子とよく似た面差しの、十歳ほどの少女だ。

（……え……？）

カレンは愕然とする。

「ただいま、ママ」

「まあ、エイミーまで！　裏口を使いなさいって言ってるでしょ。しょうのない子たち」

注意する公爵の元愛人は、苦笑しながら娘たちの頭を撫でている。夫である男も同じように娘たちの頭を撫でた。

元愛人は、くすんだ金髪で、瞳の色はグレーだ。母親しか見ていなければ娘たちは母親似だと思ってしまうだろう。だが、父親を前にしたら別の感想を抱く人間が出てくるに違いない。

（どういうこと？　どうしてどっちの娘も公爵には似ていないの？）

似ているのはむしろ――。

動揺に鼓動が跳ね、喉が干上がっていく。

可能性は、一つ。

カレンは思いがけない仮説に震えた。

元愛人は別の男と子どもを作り、それを公爵の子と偽って慰謝料を請求したのではないか。

もしそうであるのなら、マデリーンの弱みを握るどころの話ではない。こんなことが公になれば、元愛人は貴族を謀（たばか）った罪で投獄されるだろう。子どもも夫も、なにかしらの罰を受けるに違いない。公爵家を陥れたなら、命の保証すらなかった。

カレンはよろよろと店から離れた。

大胆な立地に店を構えたのは、自分が正当な報償を受け取ったと示すためだろう。公爵の顔を知らなければ、疑念の目で見ていなければ、実際カレンも気づいたりしなかったはずだ。

(だけど、マデリーン様は？　こんな重大なことに、あの方は気づいていないの？)

愛する夫の不義理で心を痛めつけられたうえに騙されていたなんて、あまりにもお粗末ではないか。同情と憤りにめまいがした。

カレンは辻馬車を拾い、城に行くよう頼むと座席に腰かけて目を閉じた。

(これで完全に手詰まりだわ)

リーリャに訊けば、なにか新しい情報が手に入るだろうか。手に入った情報が人の生死にかかわってしまったらどうすればいいのだろう。

幸せと不幸せがこんなにも近くにあるとは思わずに、カレンの心は深く沈み込む。

放心したまま馬車に揺られていると、しばらくして「城に着きました」と御者台から声がかかった。お金を払ってのろのろと馬車から降り、城門で身分証を見せ、広大な庭に足を踏み入れる。城に入る手前で、見慣れた中年男性が庭師と話し込む姿を認めた。

「アダムさん」

マデリーンの執事、アダム・アボットだ。手には、葉色が驚くほど濃い、黒と見まがうほど毒々しい赤い薔薇を持っていた。

「カレン様、お出かけですか？」

取り立てて目立つ容姿ではないけれど、意外なほど花が似合う人だ。カレンは内心で驚きながら答えた。

「今、戻ったところです」

「……楽しまれた様子ではないようですが」

考えるように指摘され、カレンは笑おうとして失敗する。

夫が他界して二年、マデリーンはつねに黒い服を身につけている。出かける際に肖像画を持ち歩くほど、夫への想いは強い。

（アダムさんは公爵の不実をいさめなかったの？　いさめてこんな結果になったの？）

主が間違った道を進むなら、命がけで止めるのが侍従の役目だ。けれど彼はそうしなかった。マデリーンが夫の肖像画を持ち歩くなら、今も口を閉ざし続けているに違いない。

「マデリーン様は、公爵様が先立たれてからずっと喪に服していらっしゃるんですよね？　いつまで続けるんでしょうか」

突飛なカレンの問いにすら、アダムは穏やかな笑みを絶やさなかった。

「マデリーン様がお決めになることです」

「公爵様は奔放な方とお聞きしました。そのことについて、どう思われていますか」

「私はただの執事です。故人とはいえ、公爵閣下に対する言葉は控えさせていただきます」

そつなく返され、カレンはぐっと唇を噛んだ。

「外に、お子様がいるとも聞いています」

「左様でございますか」

マデリーンがどこに行くにも必ず連れて歩くという優秀なはずの執事は、一切の動揺を見せずに静かにうなずく。

（どうしてこんなに平然としてるの？　昔のことだから？　もう終わったから関係ないの？）

なおも言いつのろうとしたカレンは、間近にある薔薇の木が大きく揺れるのを見てはっとわれに返った。

次の瞬間、枝を押しのけ、金髪碧眼の男の子がひょこりと顔を出した。

ぎくりとしたのは、町での一件を思いだしたがゆえだ。

「アダム！」

三歳ほどだろうか。目鼻立ちのくっきりした男の子は、アダムを認めると笑み崩れ、強引に薔薇の木をくぐり抜けようとした。庭師たちが丁寧に手入れし、道沿いの薔薇の棘はすべて切ってあるとはいえ、枝が強くあたれば子どもの柔肌なら傷ついてしまうだろう。慌てて枝を持ち上げると、男の子はカレンを見て目を瞬いてからにっこり笑った。

「ありがとう」

木の下をくぐり抜け、アダムに駆け寄り足に抱きつく。よろめいたアダムが目尻を下げた。

「ライアン様、どうやって部屋から出ていらしたんですか？　庭は危のうございます。どうぞ部屋に」

「いや！　アダム、遊ぼう！　駆けっこしよう！」

引き剥がされまいと駄々をこねる男の子を見て、カレンはよろめいた。

（か、……かわいい……!!　え、もしかしてこの子、マデリーン様のお子様!?　どことなく陛下に似てらっしゃらない!?）

公爵の元愛人の子と同じく金髪碧眼だが、目の前にいる男の子は、それはそれは見事なほど明るい金糸の髪に、空の色を切り取った澄み渡った青い瞳をしていた。

「ライアン、どうしてアダムのところに行くんだ！　アダムの邪魔をしないって言ったから部屋から連れ出したのに！」

男の子と同じ明るい金糸の髪に空色の瞳の少年が、文句を言いながらやってきた。十代前半で、すらりと手足が長く、マデリーンに似て目元が涼やかだった。

「ごめん、アダム。お母さまの薔薇が見たいと騒いで手がつけられなくて」

（きゃあああ！　なんてこと！　お兄ちゃんもほんのり陛下に似てるわ！）

驚きに固まっていると少年と目が合った。

「邪魔しちゃった？」

申し訳なさそうに尋ねてくる姿に、つい動揺してしまう。

「私こそ、マデリーン様の薔薇園に勝手に入ってしまい申し訳ありません」

城内の庭はすべて城のもの、つまりはヒューゴのものだと思い込んでいたカレンが謝罪すると、少年ははにかんだ。

「母上はとくに黒薔薇がお好きで、アダムが国中を探し回って、一本の苗木からこの庭園を造ったんです。この一角に咲く黒薔薇は、すべて同じ木なんですよ」

一目で平民とわかる格好をしたカレンにすら、少年は丁寧に説明してくれた。ともすれば誰に対しても傲慢になりかねない身分にもかかわらず、そんな片鱗は微塵もなかった。

(この方が、将来、王冠をかぶるかもしれない方)

夫は放蕩の限りを尽くしたが、息子はそうならないよう、マデリーンが厳しく育てたのだろう。そこに母親としての深い愛を感じてカレンは言葉を失った。

優位に立つためマデリーンの弱みを握ろうと必死だった。

けれど、彼女のことを知れば知るほど、思惑からはずれていってしまう。

庭師とともにマデリーンに渡す黒薔薇を選びはじめた三人を見て、カレンの心はかつてないほど乱れていた。

第四章　侍女の不利が続いているらしいですよ！

1

「マデリーン様の執事に言い寄るなんて、本当に信じられませんわ。これだから下賤(げせん)者は信用なりませんのよ」

ぷりぷり怒っているのは第二派閥のヘンリエッタ・ロシャス・トゥルーサー。最年少ながら、今日も一番口数が多い。

「あまり感心しないわね」

カレンより自分の見た目が気になるのか、まばゆいばかりに着飾った宝石を眺めながらひとまずヘンリエッタに賛同するのは、成金をこじらせた第四派閥のローリー・キングスレイだ。

「おやめなさい。陰口なんて陰湿ですわよ」

手本のごとく形式的に口先だけで窘(たしな)めるのは、第一派閥のアビゲイル・ド・アーネット。相変わらずお茶を飲む姿は抜群に美しい。

「…………」

無言で菓子を頰張っているのが第三派閥のサラ・コリンズ。もともとぽっちゃり系だが、第二王妃が決まるまでに一回り大きくなりそうな勢いだ。

「カレン様」

心配そうにおろおろするだけなのが、庶民代表のリーリャ・リッチー。今日も目立たず出しゃばらず、地味な服で様子をうかがっている。

「昨日一日で精も根も使い果たしました」

項垂れるのは、平民の希望の星であるカレン・アンダーソン。さんざん歩き回ったのに成果どころか疲労しか得られず、重い溜息が口をついた。

「残念ですわね。マデリーン様の執事を手懐けられなくて。そもそも田舎娘がどうにかできる相手ではないのですわ。アダム・アボットといえばマデリーン様の腹心と言われ、マデリーン様の幼少期よりずっとおそばに仕えていた重鎮なのですから」

「ヘンリエッタ様、さすがです。私にもヘンリエッタ様のような見識がほしいです。個性的かつ愛らしい容姿に上品な立ち居振る舞い、周りを引っぱっていく求心力、どれを取っても抜きん出ています」

細かく波打つ髪はなかなか見かけるものではないし、そばかすは愛くるしい。礼儀作法は完璧で、いつも話の中心——もっとも、年下と侮られないよう牽制のため声が高くなっているだけだが、それすらも、すっかり打ちひしがれたカレンにとってはまぶしく見える。

手放しで褒めるカレンに、ヘンリエッタはたじろいだ。「当然ですわ」と頬を赤らめ咳払いして、パタパタと扇を動かす。

一方、令嬢たちはというと。

マデリーンを味方につけ、第二王妃の座にもっとも近い第一派閥のアビゲイルは「ヘンリエッタ嬢を取り込もうとしているのね。侮れない女だわ。田舎者のくせに、なんて小賢しい真似をするのかしら」と内心で歯ぎしりしながら優雅に微笑んでいた。

第二派閥のヘンリエッタは「花章を受けるだけあって、なかなかわかっているのではなくて？　わたくしの魅力に気づくなんて、意外と見る目がありますわね。第二王妃になったら第一王妃を蹴落として、カレン・アンダーソンをわたくしの筆頭侍女にして差し上げてもよろしくてよ」と、ちょっと鼻息が荒くなっていた。

第三派閥のサラは、「私、国母になんて興味ないんだけど！　第三派閥は元流民の集まりで立場が弱いから出てくれってお父さまが頼むから来ただけで、こんな面倒なことに巻き込まれると思ってなかったのに！　第一、結婚する必要なんてある？　私は一生なにもせず、好きなものを食べて好きなことをして暮らしたいわ」と、すっかり現実逃避をしていた。

第四派閥のローリーは「あらあら、うふふ。面白い方ねえ、カレン様って。女傑なんて言われているからもっと怖い方かと思ったけれど、わりと普通の方ねえ。でも、ドレスはとてもいいものを身につけてるわ。装飾品も。誰からの贈り物かしら。興味深いわねえ」と、抜け目なくカレンを品定めしていた。

庶民代表のリーリャは「さすがだわ。目下、一番の強敵はカレンさんよね。陛下の覚えもめでたく、花章もお受けになって、人々からの支持も厚い。お得意先にもカレンさんに期待する人は多いし。やっぱりこっちから潰しちゃおうかしら」と、空恐ろしいことを考えていた。

おのおのが様子をうかがっていると、詰め襟も堅苦しい濃紺のドレスを着た女が現れた。

「花嫁探しの責任者、クラリス・エル・サーズランドと申します」

「はじめまして、サーズランド大公妃様。アビゲイル・ド・アーネットと申します。ご足労いただき感謝いたします」

立ち上がるなりアビゲイルがスカートをつまんで一礼した。

唖然としたあと、カレンたちも慌ててそれに倣った。

（大公妃様が責任者!?）

〝花嫁探し〟は第二王妃を選ぶために執り行われている。当然高い地位の者が来ると思っていた。だがまさか、公爵よりさらに上の地位に就く女性が出てくるとは思わなかった。

「今日は簡単なものからはじめましょう」

大公妃が手を叩くと侍女が六人、布をかぶせた網カゴを持ってやってきた。目の前に運ばれたカゴから布を取りのぞき、カレンは目を瞬いた。大量の刺繍糸が入っていたのだ。

（すごい色数！　この艶！　手触り！　超高級品！）

田舎では縫い物が必須だったが、刺繍は贅沢な装飾という認識だった。糸の価格帯が広いうえに、刺すのに時間がかかる。ちょっとした模様程度ならそれほど苦ではないが、襟や袖、裾などを華やかに飾ろうと思うとそれなりに時間が必要になるからだ。

カレンとリーリャが刺繍糸にうっとりする。見慣れているのか、令嬢たちの反応は淡泊だ。

「陛下にお渡しするつもりでハンカチに刺繍を刺してください。課題は自由です」

ヒューゴに渡すと聞いて硬直したカレンは、意味深な視線を寄越してくる大公妃に気づいて顔を伏せた。

（〝花嫁探し〟は公平なんかじゃない）

マデリーンはカレンにアビゲイルが有利になるよう手助けを命じるかたわら、責任者に自分の息のかかった大公妃を選んだのだ。内と外、誰の目にも正しくアビゲイルが選ばれたように演出するつもりだ。

あるいは、カレンが裏切ることを警戒し、監視として大公妃を送り込んだのか。

皆が刺繍糸を手にし、カレンも震える手を伸ばす。

柔らかく美しい光沢を放つ糸が指に絡んでくるようだった。

刺繍はそもそも時間がかかる。

図案を考え、糸を選び、ひと針ひと針刺していくのだから当然だ。

皆の進捗具合を確認したいが、広い部屋でばらばらに座っているからさっぱりわからない。

（ぜ……全然、進んでない！）

「お昼になったので食事にいたしましょう。刺繍は箱の中に入れてください」

大公妃の指示の通りしまい終わると、リーリャが駆け寄ってきた。

「カレンさん、どのくらい進みました？」

「全然です。リーリャさんは？」

「だめです、緊張しすぎて……他の方も、思ったより進んでないみたいです」

ヘンリエッタが険しい顔でカタカタ揺れていた。年若くとも聡明な彼女だが、やはり苦手なものがあるらしい。サラの前には刺繍糸がぐちゃぐちゃに放置されていた。一部が彼女のふっくらとした指に絡まっているので、どうやら針に糸を通すところから挫折したらしい。

反対にローリーとアビゲイルはそれなりにスムーズなようで、使っていたテーブルも、使用後とは思えないくらいきれいだった。

「わたくし、刺繍はあまり得意ではありませんの。ローリー様は？」

「私もよ。陛下を想ってだなんて、意識しすぎて……カレンさんは？」

できる女は、とりあえずできないアピールをするようだ。感心していると、アビゲイルと話していたローリーがいきなり話をふってきた。

「決まった図案しか刺したことがないので、私も思ったようには進みませんでした」

「わたくしはそれなりに進みましたわよ！」

小さな体でずいっと割り込んできたのは、さっきまで震えていたヘンリエッタだ。薄い胸を張って、あくまでも優位であることを主張している。サラは刺繍糸を引きちぎって無言だ。

昼食は見たこともないご馳走(ちそう)で、カレンとリーリャを困惑させた。見守る大公妃が食事時のマナーを逐一チェックしていたので、食事の味さえわからなかった。

「午後からは歴史について論議しましょう。ラ・フォーラス王国の成り立ち、近隣諸国との関係、今後の展望――皆でおおいに語りましょう」

（ま、待って!?　刺繍は!?　っていうか、論議!?　初日からそんなことするの!?）

カレンは閉口した。

2

戦地に着いたその日の夜、鳥報(ちょうほう)が届いた。

天幕で戦況を確認すると想像以上に押され気味で、軍の再配備を指示している真っ最中だった。

「カレンからは!?」

思わず尋ねたヒューゴに、鳥報係のアントニオ・ブルーが苦笑しながら近づいてきた。

「陛下、第一声がそれですか」

「それ以外の報せは他の者に回せ。わが軍には優秀な軍師がいる。俺は皆を焚きつける薪だ。で、カレンからは」

「薪って……まぁ、お望みのものは届いてるんですけどね。レオネル様もちゃんと回収して送ってくださるんですからマメですよねぇ」

「俺の士気にかかわるからな」

きっぱり断言すると、アントニオの苦笑が濃くなった。

「そんなに好きなら連れてくればよかったのに」

「……少し考えた」

「なんで連れてこなかったんですか」

「嫌われそうだったから」

手紙を受け取りながらぼそぼそ答えたら、ぶはっとアントニオが吹き出した。

「確かに戦地にいるときはひどいですからね。臭いし、汚いし、血まみれだし。陛下の場合、皆が身なりを整えてから凱旋式に臨むのに、煩わしいからと軽装なうえに薄汚れた格好で帰城されるから、戦場でなくとも怖くて近づけませんよ」

そんなに笑うほどひどいのかと、ヒューゴは内心でへこんだ。はじめてカレンと会ったとき不審者と間違われたが、今になってその理由が身に染みてわかった。

次に帰るときは身なりを整えよう。少なくとも、彼女に嫌われないよう努力をしよう。

密かに誓ってアントニオに下がるよう命じ、天幕を出る直前で呼び止めた。

「ハサクから手紙は？」

「ありません」

グレースの周りを調べさせているが、いまだ中間報告すら寄越さないので、順調なのか行き詰まっているのかさっぱりわからない。第二王妃の座を狙って多くの娘が登城しているから遊びほうけているのではないのかと勘ぐってしまう。

ヒューゴは続けて尋ねた。

「姉上から連絡事項は？」

「そちらもありませんでした」

花嫁探しを知ったとき、苦情とともにすぐに取りやめるように強い言葉を添えた。マデリーンから返事がないなら、ヒューゴがいないあいだに第二王妃を決める腹づもりなのだろう。

「どうしてああなんだ、姉上は」

「ほしいものはどんな手段を使ってでも手に入れる、それが王家の血筋ですよ。貴賤なく優秀な人間を登用する陛下が一番ご存じだと思いますが」

「――仕事に戻れ、アントニオ・ブルー」

アントニオも、もとは養鶏場の長男である。鳥が好きで、とくに猛禽類をこよなく愛する彼が鳥の扱いに優れていると聞き、口説き落として連れてきた。

アントニオが天幕から出ていくと、ヒューゴは深く溜息をついた。

「厄介な性癖だな」

つぶやいたあと、カレンの手紙を握り潰していることに気づいた。慌てて開き、丁寧に紙片を伸ばす。そこには、ヒューゴの身を案じる言葉がぎっしりとつづられていた。

手紙は饒舌だ。いつもなら呑み込んでしまう想いを形にしてくれる。

読み終わる頃には口元がほころんでいた。

何度か繰り返し文字を追い、ヒューゴはふと首をかしげる。

花嫁探しにまったく触れていないのだ。

カレンのことだから順調にこなしているのだろう。そう思うのに、胸騒ぎを覚えた。

「……なにかあったのか……？」

問うことすらできない歯がゆさ。王として国を守るのは当然のことなのに、なぜ自分が戦地にいるのかと、そう自問してしまった。

厚い布の向こうで響くのは、敵を警戒する兵士たちの声と、鎧のこすれ合う音、武器の配置を指示する指揮官たちの怒声だった。

ここは戦場だ。気のゆるみで命を落とすこともある危険な場所だ。戦況が動けば、兵士を鼓舞し、勝ちを得るため先陣を切らなければならない。

それは今まで何度も繰り返してきたことだ。

にもかかわらず、今はどうしてこうも心が揺れてしまうのか。

愛おしい娘に声が届かないもどかしさに、ヒューゴはぐっと唇を噛んだ。

連日、第二王妃候補たちは身を削るような難題を突きつけられていた。

歌や楽器、食事のマナーは序の口で、異国から来た貴賓をもてなしたり、王が不在のときの城の維持や政務にかかわる仕事まで、ありとあらゆる事柄を前触れなく試されるのだ。

「今日は灌漑について論議しましょう。近年、日照りや干ばつによる農作物の収穫の減少が懸念され……」

大公妃がなにやら呪文を唱えはじめた。カレンは思わず右手を挙げた。

「大公妃様、それは技官の仕事ではないでしょうか」

「その通りです。しかし、王妃たるものあらゆる見識を備えていなければなりません。賢王の隣にはつねに女傑とたたえられる王妃の存在がありました」

〝女傑〟の単語に、令嬢たちがいっせいにカレンを見た。

(花章はもらったけど女傑は過大評価！　私だってみんなと同じ王妃候補の一人だから!!)

叫びたいが我慢した。最近ちょっぴり風当たりが強いのだ。もともと器用貧乏で、なんでも一通りそつなくこなしてしまうカレンは、大公妃の無理難題もそつなくこなしていた。そのせいで、皆から目の敵（かたき）にされてしまっていた。

「田舎者のくせに！　わたくしより目立つなんてどういうつもりなのかしら!?」

露骨に不満を漏らすのは最年少の公爵令嬢ヘンリエッタだ。カレンを指導してくれたこともある愛らしい少女は、今では敵意を隠しもしない。

無言で睨（にら）んでくるのはアビゲイル。マデリーンの命令で彼女を助けなければならないのだが、正直、大公妃の無茶ぶりにそれどころではない。

「うふふ。王妃様って大変なのね。私で務まるかしら」

どこか他人事（ひとごと）なのはローリーだ。ドレスに合わせ、毎日毎日、大量の装飾品で全身を飾り立て、第二王妃の座そっちのけで、自分がいかに裕福であるかを見せつけているみたいだ。

ちなみにはじめからやる気のなかったサラは、今もやっぱりやる気がない。

「王妃なんて大変じゃない。私は家でゴロゴロしたいだけよ。食べて寝て、食べて寝て、好きなことをやって、あとは食べて寝て、それ以外はどうでもいいわ」

彼女がふくよかなのは、日々の積み重ねによるものらしい。

静かな闘志を燃やすのはリーリャだ。同じ平民であるためか気安く話せる相手だが、一番敵視されている気がして居心地が悪い。

「大公妃様は、相対的に評価してくださるんですよね？　なにか一点だけ見て第二王妃が決まるなんてないですよね？　私、これに懸けてるんです！」

熱意に胃が痛い。

大公妃から解放されると、カレンはよろよろと王妃の私室に戻るのである。

（なんか最近、朝と夜しかグレース様のお顔を見ていない気がする。それ以外は大公妃様のもとでいろいろ試されてばかりで……っ）

気が休まらない。ちなみに刺繍は初日に半日やったあと、一日数時間ずつ刺す時間を与えられ、少しずつ進んでいる。無心で針を刺すため唯一平和な時間だった。

（よかった。今日は大公妃様がなにも言わなかったから部屋でゆっくり昼食がとれる！）

飛び跳ねて喜びたいところだが、最終選考のおかげで変に注目されて迂闊なことができないため、カレンはしずしずと廊下を歩いた。第二王妃になる可能性があるからだろう。以前にも増して城仕えの者たちが積極的に道を譲ってくれて心労がかさんでいく。

ようやく部屋にたどり着くと、近衛兵が丁寧に一礼し、ドアを開けてくれた。

（一介の侍女なのに！　第二王妃になるどころか、別の令嬢の手助けをしろって主催者に命令されてる身なのに!!）

「あ、ありがとうございます」

よろよろと部屋に入る。

「情けない顔ね。それで私の侍女が務まると思っているの？」

入室するなり聞こえてきたのはグレースの声だ。声の調子から、「しゃんとしなさい」と励ましてくれているらしい。

「グレース様ー!!」

泣きつこうと思ったら、ヴィクトリア・ディア・レッティアがいた。ヒューゴの元許婚で、誰もが羨む完璧なボディを持つ美女である。

「ヴィクトリア、さ、まあああああ!?」

驚きすぎて変な声が出た。いつも美しく着飾っている公爵令嬢が、濃紺の服に白いエプロン、白いヘッドドレスというメイド服をまとっていたのである。しかも、カレンとは比べものにならないほどのナイスバディのため、目のやり場に困るほど色気が半端ない。

「な、な、な、なんですか、その危険な格好は！　狼に食べられますよ!?」

「わたくしを食べる勇気のある狼などいませんわ」

驚愕するカレンを前に、ヴィクトリアはティーポット片手に魅惑的に微笑む。すさまじい破壊力にカレンはよろめいた。カップにお茶をそそいでいるだけなのに、見た目が危険すぎて媚薬が入っているのかと錯覚してしまう。

くらりとよろめき、はっとした。

「もしかして、昼間ずっと給仕をされてたんですか!?　私の代わりに!?」

カレンが最終選考に出ているあいだ、王妃の私室に食事を運んでくれるよう総料理長に頼んでおいたし、近衛兵にも雑務を依頼しておいた。なによりグレースが大切だから、必要なら遠慮なく呼び戻すよう懇願もしていた。

それが、まさか。

「――ヴィクトリア様は留学の経験を活かし、城で外交のお仕事をしているのよ」

(だからしょっちゅう登城してたの!?)

仕事をしているなんて一言も言わなかったから、グレースに会いに来てくれているのだとばかり思っていた。仰天するカレンにグレースは言葉を続ける。

「今は貴賓もいないし、書類仕事はこの部屋でもできるから来てもらっているの」

「一度メイド服を着てみたかったんですわ。カレンに気づかれないようにこっそり来て、こっそり帰るのが目標だったのに、十日でバレてしまいましたわね」

当然とばかりに語るグレースと、楽しげに笑うヴィクトリア。カレンは深く頭を下げた。

「ありがとうございます。私がいたらないばかりにヴィクトリア様にご迷惑を……」

急なこととはいえ、信頼の置ける侍女を見つけられなかったのはカレンの失態だ。以前、ヴィクトリアが侍女を探してくれると言っていたのだから、彼女に相談すべきだったのに。

「カレン以外の侍女はいらないと言ったら、無理やり世話を焼きに来ただけよ。ヴィクトリア様は物好きだから」

「グレース様のかわいらしいお姿を独占できて、とても楽しい毎日ですわ」

「な、なにを言ってるの！」

ぶわっとグレースが赤くなった。動揺しすぎて手にしたカップがカタカタ揺れている。

「外交官なんてつまらない仕事はやめて、王妃様付きの侍女になりたいくらいですわ」

「国の損失よ」

「あら、グレース様ったら」

褒められてヴィクトリアは気をよくした。コホンと咳払いしたグレースが、小さくたたまれた紙をカレンに差し出す。赤い紐がかかっていた。

(陛下からのお手紙……!!)

「ま！　鳥報ですの？　ということは、ヒューゴ様から……カレンに？」

ヴィクトリアに「うふふふ」と意味深に笑われて、カレンの頬が熱くなった。

「さっき、レオネルが持ってきたわ」

ヒューゴが不在なうえに花嫁探しまで加わって、仕事が倍増していそうだ。

「宰相さん、無理をされているんじゃ……」

「仕事の共有化が進んで負担が減ったと言っていたわ。今度改めて礼をしたいそうよ」

「提案はしましたが、実践されたのは皆さんです。お礼を言われることではありません」

「喜んでいるんだから、気持ちくらい受け取ってやりなさい」

「は……はい」

肩をすぼめるカレンに、ヴィクトリアは「相変わらずですわね」と苦笑した。

「それで、ヒューゴ様からの手紙は？　なんて書いてありますの？　甘い愛の言葉？　それともカレンを励ます力強い言葉？　どちらですの？」

赤い紐を取りはずした小さな紙片を両手でしっかり持った。急かすヴィクトリアはもちろん、興味のなさそうなグレースですら、カレンの手元を注視している。

（ど、ど、どうしよう！　開けづらい！　でも、開けないわけにはいかないし!!）

以前もらった手紙は近況報告だった。きっと今回もそうだろう。そう思っているのに、緊張で指先が震えて紙が開かない。

ごくりと唾を飲み込み、なんとか指先を紙の端に引っかけた。

紙面は限られている。だからこうした伝達には、読むのも苦労するほど小さな字がもちいられる。前回はそうだった。しかし、今回は違った。

小さな紙の中央に、たった一言、こう書かれていたのだ。

〝会いたい〟と。

ばくんと鼓動が跳ねた。

（……会いたい）

心の中で繰り返すと、言葉が胸の奥にすとんと落ちてきた。その言葉こそが今のカレンのすべて――彼に向ける気持ちのすべてだった。

会いたい。今すぐ彼の声を聞きたい。笑顔が見たい。あの熱に、彼のすべてに包まれたい。

その想いに名前をつけるなら、それはきっと恋と言うのだろう。

だから、マデリーンの命令に動揺した。

だから、アビゲイルを助けることに苦痛を感じた。

ヒューゴのそばにいる未来を、カレンはいつの間にか強く願っていたのだから。

（私も）

会いたいです。

声にすると涙がこぼれてしまいそうになる。

どんな言葉よりも雄弁に想いを伝える手紙を食い入るように見ていると。

「きゃあああ！　なんですの!?　乙女（おとめ）なんですの!?　いやだわ、ヒューゴ様ったら！　なんて熱烈なのかしら！　わたくしまでときめいてしまうではありませんか！」

ヴィクトリアの悲鳴に涙が引っ込んだ。すうっと目を細めたグレースが不機嫌に口を開く。

「一生帰ってこなくてもいいと書いておやりなさい、カレン」

「もう！　グレース様、嫉妬（しっと）はいけませんわよ。ヒューゴ様はちゃんとグレース様のことも愛してらっしゃいますわ。薔薇伯（ばらはく）ですもの！」

ヴィクトリアはグレースが男だと知ったあとも、ヒューゴと深く愛し合っていると信じ妄想に耽っている。薔薇伯が大好きであるにもかかわらず、カレンとヒューゴの関係も応援している奇特な女性だ。

(ヴィクトリア様のこの感性って、やっぱり理解できないわ)

けれど、彼女がいてくれるとほっとする。

(この気持ちは隠さなきゃ。マデリーン様に気づかれたら、もっと悲惨なことになる)

乱れる心を誤魔化すために、カレンは静かに深く息を吸う。

「それにしてもマデリーン様は意地悪ですわね。ヒューゴ様にはカレンという想い人がいるのに、花嫁探しなんてはじめられて」

溜息とともにヴィクトリアが不満を告げる。カレンが自分の想いに向き合ったばかりなのに、ヴィクトリアの中では周知の事実という認識らしい。

カレンが赤くなっていると、グレースはかわいらしく唇を尖らせた。

「ヒューゴ様のことだから、姉上様に中止を求めているとは思うのだけれど」

「言い出したら聞かないんです、マデリーン様は。わたくしも抗議したんですが、〝お前が王妃にならないからこうなったんだ〟とおっしゃって……文句があるなら、アビゲイル嬢の代わりに第一派閥の代表として参加しろとまでおっしゃったんですのよ。元許婚のわたくしがどの面下げて参加すると？　いい笑い物ですわ」

「——つまり、ヴィクトリア様を押しのけて王妃になった私への嫌がらせということ？」

「この場合、単純に世継ぎの問題だと思いますわ。グレース様の体調を考慮すれば世継ぎを産めとせっつくわけにはいきませんが、後継者はほしい。それゆえの第二王妃選びなのです。わたくしが王妃なら、とうに仕込みはすんで、出産予定日が発表されているだろうと」

「姉上様はずいぶん下品なことを言うのね」

「そういう方なんです。挙げ句の果てには、なぜお前は陛下との結婚を拒んだんだと問い詰めてくる始末。言い訳するのが大変でした」

　ここしばらく会えなかったヴィクトリアは、カレンの代わりにグレースの身の回りの世話を焼き、マデリーンに抗議までしてくれていたのだ。

　どうやらマデリーンは、ヴィクトリアがグレースの正体に気づいていることまでは知らないらしい。知っていたら、ヴィクトリアまで脅されていただろう。

「幸い、カレンは最終選考の成績もいいようですし、わたくし、安堵（あんど）しましたわ」

「全然よくないですよ⁉」

　胸を撫（な）で下ろしていたカレンは、ヴィクトリアの言葉にぎょっとした。

「そうなんですの？　大公妃様からの評価は上々と伺っておりますわよ。マデリーン様の立場でしたら、第一派閥から出ているアビゲイル嬢を推しているでしょうけれど」

（そのうちマデリーン様に呼び出されそう……でも、手助けできる状況じゃないし）

　恋心を認めてしまった今、果たして積極的にアビゲイルを助けることができるだろうか。キリキリと痛む胸に、カレンはきつく唇を噛んだ。

「主催者が特定の人間に肩入れしていいの？」

「本来ならだめですけれど、暗黙の了解ですわ。マデリーン様は王姉ですから、王侯派の令嬢が推されると皆一様に考えるようですわ」

「――カレン、負けたら承知しないわよ」

「は、……はい……」

グレースの秘密を守るため、勝つわけにはいかない。しかし、グレースとランスロー伯爵夫人の顔を立てるために負けるわけにもいかない。

そして、カレン自身が負けたくないと思ってしまう。

ヒューゴのそばにずっといたいと、そう願ってしまう。

「カレンは恋する乙女ですわねえ」

うっとりとヴィクトリアに言われ、カレンは頬が熱くなるのを感じた。隠さなければ、そう思うのに指摘されると狼狽えてしまう。

「ち、違うんです。あの、私は別に、へ、陛下の、ことは……っ」

「ヒューゴ様は待っていてくださるんでしょう、あなたの心が動くのを。この国のすべてを手に入れられる方が、あなただけをほしがって尽くしているなんて、とても幸せなことだと思いませんか」

ヴィクトリアの言葉にカレンは目を伏せる。

口説くと言いながら、ヒューゴはカレンに合わせてくれる。強引なところもあるけれど、カレンが怯（おび）えないように、不安にならないように、いつだって一歩引いて守ってくれる。

思いだすだけで胸がいっぱいになる。

「――腹立たしいわ」

「ま、グレース様ったら！　寂しいならわたくしがいつでも慰めてさしあげますわよ！」

「そろそろ仕事に戻りなさい」

グレースはじろりとヴィクトリアを睨んで大仰に手で振り払った。

「では、また明日まいりますわ。あ、カレン」

「な、なんでしょう」

「大公妃様はお若い頃、社交界の花と呼ばれた方です。ダンスは入念に練習しておくことをおすすめいたします」

ヴィクトリアが部屋から出ていくのを、カレンは驚愕の眼差（まなざ）しで見送った。甘く膨らんだ胸が、一瞬でしぼんだ気がした。

（最近はランスロー伯爵夫人と会えなくて、全然ダンスの練習をしてない！）

大派閥の令嬢たちは、子どもの頃から一般教養として習っているだろう。カレンと同じ平民であるリーリャはそこまで踊れないかもしれないが、都会生まれの都会育ち、そのうえ有名な生花店の令嬢なら、城に来てから習いはじめたカレン以下というのは考えにくい。

「グレース様、ランスロー伯爵夫人は」

「とうに帰られたわ」

「ハサクさんは」

「気まぐれに顔を見せるけれど、普段どこでなにをしているかは知らないわ」

「怠慢じゃないですか。護衛なのに……っ」

「近衛兵がいるから、実際ハサクはあまり価値がないのよ」

王妃の私室はもちろんのこと城自体にもともと警備の手があるから、あとからやってきたハサクは部屋から追い出されると行くあてがないのだろう。

「……一応、なにかしてるようではあるんだけど」

項垂れるカレンの耳に、思案げなグレースの声が届く。

(ど、どうしよう。私、一人で練習できるほどうまくないし)

明日、ランスロー伯爵夫人に時間を作ってもらって特訓するか。その際、一人で練習する方法や、大公妃が好みそうなダンスを指導してもらえれば、少しはマシになるのではないか。

考え込んでいるあいだにグレースが視界から消えた。われに返ったカレンが足を踏み出したとき、茶髪の少年が恥じらいながら寝室から出てきた。

「グ……!?」

驚愕するカレンの口を、素早く近づいてきたグレースの手が塞ぐ。やや派手めな乗馬服をまとう姿は、短髪もあいまって、どう見ても貴族令息という出で立ちだった。

「ダンスの練習なら、僕にも手伝えると思って」

（なぜわざわざ着替えを⁉）

手紙一つでカレンの心を奪ったヒューゴに対抗しての行動だが、そうと気づかないカレンは驚愕のまま応接室のドアを施錠し、念には念をと、重量のある家具を根性で持ち上げてドアの前に置いた。すると、騒がしさに起きたのか、眠そうな目で使用人部屋から出てきたトン・ブーが、家具の前にどっしりと横になった。見事な重石だ。

いびきをたてるトン・ブーに感謝しつつ愛らしいグレースに向き直ると、「練習します？」と首をかしげて尋ねてきた。癒やし系だ。激しく揺れ動く心が、彼女と向き合うと不思議と落ち着いていくのを感じた。

ヒューゴから届いた手紙をポケットにしまい、カレンはグレースの手を取った。

男性パートを担当するにしても、グレースは身長が低すぎる。

けれど、以前より少し筋肉がついている気がした。

（……もしかして、ザガリガの実の摂取を減らしてるから……？）

悩むグレースに無理に食べる必要はないと言ったことがある。グレースの身を案じての言葉だったが、どうやらそれは、彼女の体に少しずつ変化をもたらす結果になっているようだ。

（いつか、マデリーン様以外にもグレース様の正体に気づく人が出てくるかもしれない。今、グレース様の秘密を守り通しても、いずれ公になるかもしれない。だけど）

心を殺し未来を捨て、ただただおのれを犠牲にし続ける一生を、彼女に送ってほしくない。

「カレンさん？」

「――なんでもありません。よろしくお願いします、グレース様」

そっと足を踏み出し、ふと首をかしげる。

「そういえば、グレース様の本当の名前はなんとおっしゃるんですか？」

「内緒です」

ふんわり微笑まれ、カレンはその愛らしさに「ぐはっ」と声をあげた。

少しだけ少年が垣間見えるグレースだが、やはりこうしていると美少女としか思えないのだ。

カツラをはずし、少年の格好をしていていてもなお、この破壊力。

「感服です、グレース様。当分私、このままの生活が維持できそうです」

「そうなんですか？」

きょとんとする姿もやっぱり可憐で愛らしい。

その日から、カレンとグレースのダンス教室が密やかに執り行われるようになった。

そして、しばらくして王城に一報が入る。

　辺境の大抗戦と、ラ・フォーラス王国の苦戦が。

3

　帝国との抗戦は、グレースの祖国である古都近郊にまで及んでいるらしい。

「帝国の増援に次ぐ増援で、かなり危険な状態だって噂だ。このままでは王都にまで攻め込まれるんじゃ……」

「善戦してるって新聞に書いてあったぞ。陛下の部隊の活躍がめざましいとか」

「徴兵がかかるんじゃないの？　息子はまだ十八になったばかりよ。一体どうしたら……」

　不安の声はカレンの耳にも自然と届く。苦戦を強いられたことはあっても負けたことはない。常勝の旗頭、それが太陽王と呼ばれるヒューゴだった。

（大丈夫。大丈夫。大丈夫、だと、思うんだけど……!!）

　会いたいと手紙が来て以降、鳥報が届いてもカレン宛の私信がない。

　つまり、十日近くも連絡がないのだ。

　呑気に花嫁探しをしている場合だろうか。ヒューゴが、今まさに窮状に喘いでいるかもしれないこのときに。

「大公妃様」

いつものように一時間ほど刺繍を刺し、「今日はなにについて話しましょうか」と大公妃がのんびり口を開いたとき、カレンはたまらず声をあげた。

「花嫁探しをしている場合ではないと思います」

「つまりあなたは、陛下が凱旋することはないとお思いなのですか」

「い、いいえ、そんな！」

カレンはぎょっとして首を横にふった。

「信じて待つのがわたくしたちの仕事でしょう。どうかしていますわよ、カレンさん」

刺々しい言葉で大公妃との会話に割って入ったのはアビゲイルだった。批難するタイミングが遅れたと悔しがるヘンリエッタは、「これだから平民は」と、乱暴に言葉を投げた。

「……では、今日は歴史にしましょう」

大公妃は今思いついたと言わんばかりに声をあげ、カレンたちに微笑んだ。

「大陸の歴史は戦いの歴史です。帝国が攻め入るのにはさまざまな理由があるでしょう。領地を拡大して肥沃な土地を手に入れ、労働力を確保し、周囲に自国の強さを知らしめることで牽制をする。歴史観の違い、認識の違い、民族の違い、思想の違い、さらに周辺地域での諍いなど多岐にわたります」

「質問をよろしいでしょうか」

話が変わったことに戸惑いつつカレンが挙手すると、大公妃がうなずいた。

「なぜ、辺境の軍備を増強しないんですか。たびたび攻め入られるなら、むしろそうするべきだと思うのですが」

「辺境伯たちに、もっと武器と権限を与えろということですね」

言い換えられるとたじろいでしまった。

「無理です。というより、それはうまくいきませんでした」

答えたのは大公妃ではなくアビゲイルだった。マデリーンが推す令嬢は、カレンよりはるかに知識が豊富で、こうしてたびたびカレンの質問に答えるのである。

「先々代の王の時代、辺境伯たちにさまざまな権限が与えられました。結果、彼らはかつてない強大な力を得た。近衛兵団や騎士団を上回ると言われるほどの武器と多くの兵――そしてとうとう、辺境伯の一人が王国を裏切り、王都に攻め入ったんです」

「辺境伯が？」

「彼らの一族は、女子供、親類縁者にいたるまですべて絞首刑となりました。強大な力は正常な判断力を奪い、多くの悲劇を生み出す。愚かにも、われこそが王にふさわしいと錯乱した。それを教訓に、王城には行儀見習いとして辺境伯の娘が、近衛兵には息子が、人質として差し出されるようになりました。もちろん、軍備にも制限があります」

「――制限がある代わりに、要請があれば王都から増援が出るんですか？　それを率いるのは陛下であると？」

「それに関しては、陛下である必要はありません。ただ、陛下は兵士に人気があるんです。あのご気性ですから」

なるほど、と、カレンは納得する。偉ぶらず、誰とでも親しく接する。彼ならきっと、兵士たちとともに寝起きし、食事をとり、酒を酌み交わし、笑い合うのだろう。

部下を信頼し、部下に慕われる彼の姿が目に浮かぶようだった。

「アビゲイル様は見識はもちろんですが、洞察力も優れていらっしゃるんですね。適切なときに適切な意見をする。いつも、とても参考になります」

マデリーンが推すのも納得だ。侯爵令嬢だから知識が豊富なのではない。アビゲイルは自分から努力し、一つひとつを丁寧に学んでいる。それが伝わってくる。

「そのくらい、わたくしでも知っていましてよ！　年上のアビゲイル様に発言を譲って差し上げただけですわ！」

きいっと負け惜しみを言うのはヘンリエッタだ。年下と侮られたくないようなのに、なにかあると自分が一番子どもだから仕方がないのだと言い訳する。

(ううん、かわいいわ。近所にもこういう子がいたなあ)

「なにを笑っていますの、カレン・アンダーソン！　不敬ですわよ！」

涙目で抗議されてしまった。

大公妃が「さて」と、咳払いする。

「話を戻しましょう。辺境で帝国と戦っているのに、わたくしたちがこうしている理由は」

「民を混乱させないため、というのは理解しています」

カレンが告げると、大公妃が「あら」という顔をする。カレンは続けた。

「けれど、王都まで攻め込まれるのではないかと不安がる者がいるのも事実です」

「それでも、わたくしたちが取り乱すわけにはいかないのですよ。国力は、民の生活の上に築かれたものです。もし仮に辺境での戦いに負けることがあれば、帝国は進軍し、やがて王都に攻め込んでくるでしょう。王都攻防は王妃の采配にかかっています。今はマデリーン様が指揮権を持っていますが、いずれはグレース様と第二王妃となる者が持つことになります」

（ぐ、軍の指揮権を⁉）

カレンは内心でぎょっとした。指揮権は近衛兵長にあるとばかり思っていたのだ。

「さて、それでは本日の議題です。帝国が攻め込んできたときあなたたちはどうやって王都を守りますか？　さあ、論議をはじめましょう」

（ひいいいいいい）

うら若き乙女たちは、大公妃の笑顔に凍りついた。

「王都攻防なんてあり得ません。絵空事を議題にするなんて、大公妃様もいじわるですわ」

ヘンリエッタはご立腹だ。よほど納得いかないのか、見た目の幼さそのままに、ぷりぷり怒りながら皿の上のケーキを潰していた。

「あら、それは違うわよ。実際に攻め込まれたことが百年前にあったのだから」

知識を披露するのはアビゲイル。本当に物知りだなあと、カレンは感心する。

「動乱の時代の話を持ち出されても、説得力なんて微塵もありませんわよ！」

大公妃の質問に答えられなかったヘンリエッタの荒れ方はいつにも増して激しかった。大公妃との論議が終わればさっさと部屋に引き上げてしまうヘンリエッタが、我慢できずに「少しよろしいかしら」と皆をお茶に誘うほどである。

大公妃から昼食に誘われなかったからいったん部屋に帰りたかったが、さすがに無下にもできず、カレンも他の令嬢たちとともにこうしてお茶に付き合うことになった。

「わたくし、思ったのですけれど。というか、ずっと思っていたのですけれど」

ヘンリエッタはお茶を一口飲んでから姿勢を正した。

「マデリーン様は、第二王妃を選ぶおつもりがないのではないかしら」

「――花嫁探しを企画したのはマデリーン様よ」

なにを言い出すの、このガキ、という目でアビゲイルがヘンリエッタを見た。

（アビゲイル様、本性が透けて見えます）

幸いなことに冷ややかな眼差しに気づかず、ヘンリエッタは言葉を続ける。

「大公妃様にお会いしたとき、怪しいと思いましたのよ。これは絶対、第一派閥のアビゲイル様を第二王妃にするつもりなのだと」

やはりそう考えるのが妥当らしい。アビゲイルは否定せず、眉をわずかに持ち上げるだけだった。リーリャのこめかみに青筋が立っているのが恐ろしい。

サラは黙々とケーキを食べ、ローリーは無言のまま高価そうな首飾りをいじっている。

「でも、三十日近く大公妃様と問答を繰り返して、違うのではないかと考えましたの。第二王妃にふさわしい人間はいなかった、そう公言するつもりなのではないのかと」

カレンは王姉から第一派閥の令嬢を助けるよう密命を受けた身だ。ヘンリエッタの憶測が間違っていると知っている。

（けど、確かに妙なのよね。大公妃様は答えのない問いを投げかけるときだってある。今日の王都攻防だって正解のない論議だわ）

大公妃はマデリーンの息がかかっているはずなのに、二人の考えは違うとでも言うのか。

「理由は簡単ですわ。マデリーン様が、自分の子どもに王冠を授けるためですわよ」

「もう、なにを言ってるの、ヘンリエッタ様ったら。グレース様がいるでしょ。第二王妃が選出されなくても、いずれグレース様が世継ぎを産むわ」

首飾りから手を放して当然とばかりに告げるローリーから、カレンはそっと目をそらす。グレースが妊娠なんて、それこそ天地がひっくり返ってもあり得ない。

「無理ですわ」

断言するヘンリエッタに、カレンはドキリとして視線を上げた。

「陛下とグレース様は、あまり仲がよろしくないのですから」

「そんなことありませんよ⁉」

慌てて反論すると、ヘンリエッタはカレンに呆れ顔を向けた。

「侍女なら知っているでしょう。陛下がグレース様の寝所に通っていないのを。確か、数度しか行ったことがないとか。グレース様は幼くともお美しい方です。でも、陛下は通うのをやめた。つまり、女としての魅力を感じなかったのですわ。世継ぎは無理ですわ」

きっぱりと断言され、カレンは茫然とした。

（へ？　夜の生活って筒抜けなの？　まさか、シーツを入念に確認したりするの⁉）

共寝をしているだけだからそれ以上乱れようがない。それを〝脈なし〟と取られたというのか。王は世継ぎを残すことも仕事とはいえ、そこまであけすけだとは思っていなかった。

（じゃあなに？　もし、いたしちゃったら、そういうことも筒抜け……うあああああ！　な、なにを考えてるの、私！　不謹慎だわ！）

滑らかな筋肉におおわれたヒューゴの胸板、硬く引き締まった腹筋、腰のライン、滑り落ちるシーツ、そこまで思いだしてしまい、カレンは耳まで赤くなって肩をすぼめた。

「マデリーン様のお子様が、次期王……」

カレンが赤くなる隣でリーリャが青くなった。アビゲイルは絶句している。

なまめかしいヒューゴの寝姿を頭の奥から追い払い、カレンは気持ちを切り替える。

マデリーンの息子には以前一度だけ会った。庭園の薔薇のことを丁寧に説明してくれた気さくな少年で、驕ったところもなく、ヒューゴが自分の後継者にと望むのも納得するようなタイプだった。

(花嫁探しは茶番？　本気？　マデリーン様は、一体なにを企んでいるの？)

また、なにかを見落としているのだろうか。

「どっちでもいいです。花嫁探しっていつまで続くんですか？　私、もう家に帰りたい」

サラが三つ目のケーキを食べながら洟をすすった。

「まだ続くなら新しいドレスと装飾品を送ってもらわないといけないわ。ああ、大変！」

ローリーは嬉しそうな顔で嘆いている。

「たいした資産ね」

アビゲイルが呆れると、ローリーはちょっとたじろいだ。

「え、ええ。装飾品は大好きなの。だって、きれいでしょう？　みんなもほしがるし」

(さすが成金貴族、発想がおかしい)

王城の使用人は、下働きを除けば貴族が大半だ。お金だってそれなりに持っているだろう。

そんな相手と張り合うために着飾っているらしい。

「高価な装飾品が似合うのは生まれもっての品格ですよね。皆様、本当にお美しいです」

大きな花屋の一人娘で裕福なリーリャは、カレンから見れば十分に富裕層だ。爵位を買うお金だってあるに違いない。しかし彼女はあくまでも〝平民〟であるらしい。

そんなことをつらつら話していたら、お菓子ではなくマリネが目の前に並んだ。

一瞬、ぎくりとドアを見るが、幸い大公妃の姿はなかった。

「テーブルマナーを試されているのではない、の、です、わよ、ね？」

さすがのヘンリエッタもビクビクしている。

「すみません、これは？」

カレンが給仕に声をかけると、意外な言葉が返ってきた。

「皆様がこの部屋にとどまっていると聞いた大公妃様から、昼食をお出しするよう仰せつかりました。イトイ魚のマリネです。どうぞお召し上がりください」

他意はないようで、真摯な態度を崩さない。

「そういうことならいただいちゃいましょ」

にっこりとローリーが微笑んで首飾りから手を離した。

「大公妃様がいらっしゃらないなら、気を使わなくてもいいから楽です」

サラは心底安堵し、残りのケーキを平らげてフォークを手に取る。すさまじい食欲だ。

「サラ様はおいしそうに召し上がりますよね。サラ様が料理を褒めていたことを伝えたら、総料理長がとても喜んでいました。コリンズ家は美食家が多いので、大変名誉だと」

「食しか楽しみがありませんから」

自虐的に笑うサラに、カレンはふと思い立って質問をした。

「リュクタル風のお食事はいかがでした？　もうお召し上がりになりましたか？」

「食べました！　大変刺激的でした！」

ぱあっとサラの顔が明るくなる。いつもつまらなさそうにしていて、楽しみである食事ですら胃に詰め込むようにしていた彼女の、はじめて聞く弾む声だった。

「外の国にはああしたお食事があるんだと思うと、夢が膨らみますよね」

「外の、国」

「ヴィクトリア様は留学した経験を活かして外交官として国に貢献していらっしゃいますが、きっと、いろんな国のいろんな料理をお食べになったんでしょうね。羨ましい」

国の中でも地域によって味つけが違うから、外国なんてそれ以上に多種多様(たしゅたよう)になるだろう。食材はもちろん、調味料一つ取っても違うのだから、出会える料理は無限大だ。

「……いろんな、料理」

サラの目がきらめいている。

「リュクタル風の料理といえば、発案者はカレンさんだとか」

マリネから視線をはずし、アビゲイルが話をふってきた。

「宰相家にお邪魔したときに食べる機会があったので、少しアレンジしました」

「いろいろ多才なのね」

「とんでもない。運がよかっただけです。私の知識は小手先だけだと痛感しました」

ヒューゴの元許婚であるヴィクトリアは、王妃としての教育を受けた完璧なレディであるにもかかわらず、外交官で、そのうえ。

（嬉々としてグレース様の侍女をされているのよね。あの方こそ多才だわ）

今ごろ、ランスロー伯爵夫人と一緒にグレースの王妃教育を手伝っているに違いない。

王妃の私室で繰り広げられる楽しげな会話を思い浮かべてほっこりしていると、アビゲイルの手が不自然に震えていることに気がついた。

「――どうしてこんなことになったのかしら」

ぼそりとつぶやくなりアビゲイルが睨んできた。

「ヴィクトリア様が王妃になるならあきらめようと思っていたのに、陛下が選んだのはあのちんちくりんなのよ⁉」

（ちんちくりん⁉）

「外見が多少美しくたって、わたくしより年下で、姫だって言われたって帝国の脅威に怯えるような小国じゃない！　後ろ盾ならわたくしのほうが上よ！　第二王妃にはわたくしが選ばれてしかるべきなのよ！　いいえ、第一王妃だってわたくしがふさわしいわ！　それなのに大公妃様はどうしてなにもおっしゃらないのよ！　ずっとわたくしを放置して!!」

ヴィクトリアの名前を聞いて我慢ができなくなったらしく、アビゲイルが人目もはばからず不満をぶちまけている。

（確かに、ヴィクトリア様ほどの女性が王妃なら対抗する気も失せるだろうけど……でも、だからってグレース様を蔑むなんて）

グレースは、そもそも覚悟が違う。ヴィクトリアには覚悟という一番必要なものが足りなかったから、グレースが王妃としてヒューゴに迎え入れられたのだ。

「早くわたくしに決めてもらわなきゃ困るのよ！」

乱暴にフォークを下ろすと、マリネにちりばめられていた赤い実が派手に跳ね、テーブルを転がった。アビゲイルははっとわれに返り、目を瞬いてから作り笑いをした。

「あらいやだ、わたくしったら興奮してしまったわ。し、失礼させていただきます」

席を立つなりアビゲイルはそそくさと部屋を出ていってしまった。カレンたちは閉じたドアをぽかんと見つめる。

「――アビゲイル様は訳ありなのかしら」

うふふっと、ローリーが笑っている。ヘンリエッタがローリーをちらりと見た。

「マデリーン様が推してくださっているのに成果が出ないから焦ってらっしゃるのですわ」

「成果が出なくとも、アビゲイル様を推しているのは王姉殿下なのよ。しかも、花嫁探しの指揮を執っているのは大公妃様。誰がどう考えたって、ずぶずぶじゃない。焦る必要がどこにあるというの？　ねえ、カレンさん？」

平民でありながら最終選考から参加するカレンにもなにか思うところがあるのか、ローリーは名指しで問いかけてきた。墓穴を掘りそうなので、カレンは曖昧に微笑むにとどめた。

（実際、王侯派である第一派閥の大公妃様とマデリーン様が懇意と考えるのが順当なのよね。だけどそれだと、なんだかすっきりしないのよね）

悶々と考え込んでいると、リーリャが「実は小耳に挟んだんですが」と話し出した。

「アビゲイル様、お付き合いされている男性がいらっしゃるとか」

花屋の娘の告白に、カレンはもちろんのこと、他の令嬢たちもぎょっと目を剥いた。

「う、嘘ですわよね!?　第二王妃の座を狙っている方ですのよ！」

「声が高いです、ヘンリエッタ様！」

リーリャがヘンリエッタを制する。ヘンリエッタは慌てて両手で口を押さえた。

「――それは、許婚ではなくて？」

慎重に尋ねるのはローリーだ。動揺を紛らわせるためか、忙しなく首飾りをいじっている。

「第一派閥の許婚とは破談になっていると聞いています。アビゲイル様と深い仲になった貴族は、派閥が違う方だとか」

「ふ、深い仲ってなんですの？」

ヘンリエッタが椅子から立ち上がる。うら若き十四歳の乙女には刺激が強すぎたらしい。もちろん、カレンにも十分に刺激的だった。

「そ……それはつまり、許婚以外と付き合っていたのがバレて破談になって、それを隠したまま花嫁探しに参加したということですか」

カレンが思わず確認すると、ヘンリエッタが目をカッと見開いた。

「厚かましいにもほどがありますわ――!!」

絶叫する令嬢を、カレンとリーリャ、ローリーで押さえつける。

「声！　声を抑えてください、ヘンリエッタ様！」

「むぐぅ」

ヘンリエッタが潰れた声を出す。

「許せませんわ、許せませんわ。国母を選ぶために王城に来たというのに、そんな恥知らずな人だったなんて！　と、殿方と、ど、どこまで進んでいるというのですの――!?」

「最後まででしょ。男と女なんだから、手を握ったが最後よ」

ローリーがけろりと返すと、ヘンリエッタがますます赤くなった。

「破廉恥ですわ！」

「ローリー様、ヘンリエッタ様をからかわないでください」

カレンがローリーを睨むと「嘘じゃないわよ」と悪びれない。

貴族宅にも出入りしている大手の花屋の娘であるリーリャが仕入れた情報なら、恐らくここにいる誰よりも正確だろう。

（マデリーン様は知らずに第二王妃に推してるの？　さすがにそんな不手際はないわよね？　つまりここにも）

裏がある。

うなりながらマリネを見てから目を瞬いた。透けるように美しいイトイ魚のマリネの回りに、葉野菜と砕いた種実類が上品にちりばめられた定番の前菜だ。そこに、違和感を覚えた。

ふっとただよってきた独特の甘いにおいにぴくりと肩を揺らす。

（あれ？　このにおいって、まさか）

じっと皿を凝視し、種実類に赤い粒が交じっているのを認める。

「食事は中断してください。皿を片づけてもらえますか」

突飛な指示を出すカレンに令嬢たちは戸惑いの視線を向け、給仕たちも困惑顔になった。

（総料理長は仕事にプライドを持っている人だ。探究心は旺盛だけど、慎重な人だ。こんなことをするのは、しようと思うのは、一人だけ）

「スープとメイン料理を見せてください。デザートも」

カレンはそう言って席を立ち、厨房に向かう。そして、一通り見て回ったあと、総料理長に声をかけた。

「虫が入っていたので前菜は下げていただきました。残りの料理はすべて料理長たちに運んでもらってください。不備があってはいけませんので」

そう頼んで、その足でマデリーンが滞在する客間に突進した。

止める近衛兵を押しのけ、強引に部屋の中に入っていく。無作法なカレンに侍女たちは不快をあらわにしたが、執事のアダム・アボットと、書類を読みふけっていたマデリーンの二人は、少し驚いたような顔をしただけだった。

「――人払いを」

「必要ない。用件はなんだ。くだらない内容なら首がとぶぞ」

再び書類に視線を落とすマデリーンに、カレンの表情は自然と険しくなった。

「令嬢たちに昼食を用意させたのはマデリーン様ですか」

「大公妃殿だ」

「つまり、マデリーン様ですね」

最小限の情報で断言してきたマデリーンに確信をもって告げると、マデリーンの口元がにやりと歪(ゆが)んだ。視線を上げ、カレンを見る。今日も上から下まで黒ずくめの美女は、唇だけが異様に赤く、腹立たしいほど煽情的(せんじょうてき)だった。

「なぜあんなものを用意させたんですか」

「なにか不満が？」

「前菜のマリネにカナデの実が入っていました。脱水症状まで引き起こすくらい強力な下剤になる木の実です。あの量を摂取したら命にかかわります」

「なるほど、分量までは指示していなかった。私の失態だ」

「マデリーン様！」

カレンが声を荒らげるのを見ても、マデリーンに悪びれた様子はなかった。

「死の酒が出回るのを防いだだの、後遺症に効果のある薬を作っただのと、ずいぶん大げさな話をでっちあげ陛下はなにを考えているのかと思ったが、どうやら嘘ではないようだな」

「なぜ陛下が嘘をつかなければならないんですか」

「なぜだと思う？」

人の神経を逆撫でして楽しんでいるとしか思えない質問だ。

（なんなのよ、もう！　腹が立つ！　半粒で効果覿面な木の実を惜しげもなくちりばめて、なにを考えているのよ!!）

アビゲイルは途中で席を立ったが、話の流れを考えれば偶然だった可能性が高い。つまりマデリーンは、自分が推す令嬢すらも危険な目に遭わせようとしたのだ。

不満を吐露するカレンに、マデリーンが微笑みながら口を開いた。

「私にそんな態度を取って許されるとでも？」

「この件に関し、罰せられるのは私だけと心得ています。しかし、王姉殿下は私を罰しはしないでしょう」

「なぜ？」

「まだ利用価値があるからです」

はったりだろうとなんだろうと、カレンは強気に発言する。ひるんだら負けだと、カレンの本能が訴えてる。事実、マデリーンは満足そうにうなずいていた。

「聡い者は好きだよ。私に食ってかかる姿もなかなか痛快だ」

（……陛下も陛下だけど、この人もたいがいね）

変なところで似た姉弟だ。けれど、ヒューゴのそれは好意からくる関心で、単純に相手の反応を見るためだけに無茶をして楽しんでいるマデリーンとはまったく違っていた。

「では、取引は続行といこう」

マデリーンの言葉に肩が揺れてしまった。

（――グレース様の秘密を守るため、アビゲイル様の手助けをする。……でも）

「知っていらっしゃるんですか。恋人がいると」

執事と侍女の目を気にし、カレンは言葉少なに問いかける。返ってきたのは、「だから？」と言わんばかりの笑みだった。

（知っていて推してるの⁉　信じられない！　第二王妃になる人よ⁉　陛下の伴侶になる特別な人よ⁉　それを……‼）

唇をわななかせるカレンをマデリーンは平然と眺めている。

「話したいことはそれだけか」

出ていけと言外に告げられ、カレンはきつく唇を噛んだ。

「せいぜいうまく負けてくれよ、カレン・アンダーソン」

非情な声を浴びせられ、それでも言い返すことができず、カレンは執事に追い立てられるように部屋を出た。


アビゲイルを手助けしなければならない。

彼女がどんな女性であっても、それがマデリーンの希望だ。第一派閥と王族の関係を確固としたものにするためにもっとも確実な方法だから。

カレンに選択の余地などない。

けれど、理性ではわかっていても、どうしても受け入れられない。

(こんなふうに選ばれた第二王妃なら陛下だって反発するわ。きっと断って……)

しまえるだろうか。あれほどまでに強引なマデリーンを退け、大々的に公募をかけたうえに〝正式に〟決定した相手を。

(この花嫁探しは、王都近隣どころか国内に知れ渡っている)

そんな一大イベントを、誰もが注目しているだろう行事を、白紙に戻せるだろうか。

カレンは廊下の途中で立ち止まり、窓を見た。

（――会いたい）

城を飛び出し、野原を渡り、今すぐヒューゴのもとに駆け付けたい。押し潰されそうなほど不安な心を体ごと彼の両腕で包んでほしい。

いっそ逃げてしまおうか。彼のもとへ。

そうだ。城を抜け出すことなど容易い。馬にだって乗れる。その気になれば、いつだって彼に会いに行けるのだ。

突然目の前にカレンが現れたらどんな顔をするだろう。好きだと伝えたらどう思うだろう。驚くだろうか。喜んでくれるだろうか。好きだと、返してくれるだろうか。

一歩、踏み出したとき。

「カレンさん？」

レオネルの声がして、カレンはびくんと体を揺らした。

「どうかされたのですか、こんなところで……顔色が、ずいぶん悪いようですが」

ぎこちなく振り返るカレンにレオネルが眉根を寄せた。久しぶりに会うヒューゴの腹心は、若いのにすっかり白くなった髪を軽く束ね、いつも通り気苦労の多い青白い顔にかすかに笑みを浮かべていた。

「花嫁探しの経過は大公妃様から定期的にうかがっています。善戦されているようですね」

ねぎらうレオネルに、カレンはとっさに口を開いた。マデリーンのことを、彼女が推す令嬢のことを訴えようとし、直後、ぐっと唇を噛んだ。

(宰相さんを巻き込んでどうするの？　状況はよくなる？　それとも悪化する？)

いくらレオネルでも、王姉に対抗できる力があるはずがない。

「あ……あの、今陛下がいる場所は、馬でどのくらいでしょうか」

「馬車なら四十日、単騎なら十五日、早馬なら十日といったところでしょうか」

(単騎って、一人で馬に乗って普通に走った場合のことよね？)

想像以上に遠方だった。手紙を書けば十日とたたず返事が来ていたから、もう少し近いと思っていたのに。

「陛下から、なにか……て、手紙、などは、届いていないでしょうか？」

カレンからは繰り返し手紙を送っているが、彼からはパタリと連絡が途絶えている。もとより鳥報を私信に使うなどとんでもないことだが、どうしても尋ねずにはいられなかった。

「返事がないというのは、つまり」

それほどの窮状なのではないか。

カレンが呑み込んだ言葉に気づいたレオネルが、かつてないほど険しい表情になった。沈黙が重い。レオネルは辺りを見回し、カレンに歩くようながした。

「教えてください。そんなにひどい状況なんですか」

「……そう判断せざるを得ません」

レオネルの横顔に苦悶の色が浮かぶ。カレンは足下から崩れていくような恐怖にめまいを覚えて立ち止まった。

「正直、ここまで状況が悪いのははじめてです」

「陛下は、ご無事なんですか」

さっとレオネルが青ざめる。数歩歩いて、ようやくカレンが立ち止まっていることに気づいて振り返った。

「鳥報を飛ばしていますが、返事には〝問題ない〟とだけしか書かれていません。今まで戦況をつぶさに伝えてくださっていたヒューゴ様からは考えられないことです」

「人を、送れば」

「何度も早馬を送っています。しかし、誰も戻ってこないのです」

「そんな……」

行くことはできても戻ることはできない。それこそが戦況を物語っている。

カレンはガクガクと震え、壁に手をついてようやく体を支えた。

「マデリーン様が王都攻防の準備をはじめています。帝国が攻め込んでくるかもしれない」

レオネルは慎重に言葉を選ぶ。

そんな状況で、指揮を執るマデリーンは笑っているのだ。平然と、なにごともなく。得体が知れない。

(どうして平気な顔をしてるの？　怖くないの？　陛下はマデリーン様の弟でしょ!?　心配じゃないの!?)

どうして、と、心の中で繰り返す。

(どうして私は、こんな場所にいなきゃいけないの……？)

カレンが壁伝いに歩き出すと、厩舎に向かっていると気づいたレオネルが止めた。

「行ってはなりません」

「どうしてですか？　陛下が危険なのに、じっとしていろって言うんですか？」

「今、マデリーン様が増援の手配をしています」

「だったら私も！」

「あなたが行っても邪魔になるだけです」

厳しい指摘に、カレンの肩が小さく揺れた。

レオネルは語調をゆるめ、言い聞かせるように言葉を続ける。

「落ち着いてください。取り乱してはなりません。もし増援に失敗すれば、いずれ近いうちに王都攻防になります。それは総力戦を意味し、兵士はもちろん、女子供も武器を取ることになる。城にいる者たちが動揺すれば民が不安になります。今いたずらに混乱させ、〝戦力〟を失うわけにはいかないのです」

「それは百年前の教訓ですか」

「――その通りです。戦況を見極め、必要とあらば女子供に武器の扱いを教えます。ですが、今はまだ動くときではありません」

ヒューゴが倒れるまでここで待て。そう言っているようにしか聞こえない。

カレンは首を横にふった。

「陛下の邪魔にならないようにします。そばにいれば、きっと役に立ちます。私は――」

肩をぐっとつかまれ言葉が途切れた。

視界が波打つ。

涙をこぼすカレンを痛ましげに見おろし、レオネルが言葉を重ねる。

「こらえてください、カレンさん。陛下は今、ぎりぎりのところで戦っている。けれど、きっと凱旋されます。太陽王と呼ばれたあの方を信じてください」

懇願する声がカレンをますます絶望させる。

それほどまでの窮地(きゅうち)に駆け付けることすらできないのだ。

無力なカレンにできるのは、ただひたすらヒューゴの無事を祈ることだけだった。

第五章　侍女が反撃を開始したらしいですよ!?

1

令嬢たちがいる部屋に戻ると、すでに昼食は終わっていた。

なにか腹に入れたほうがいいのだが、知らされたヒューゴの窮地に食事どころではなく、カレンはのろのろと椅子に腰かけた。

「では、刺繍をはじめましょう」

大公妃の指示で網カゴを取り出す令嬢たちが、戻ってくるなり何食わぬ顔で刺繍を刺しはじめたアビゲイルを気にしているのが見え見えだった。異性と交際しているにもかかわらず花嫁探しに参加しているとなれば当然だろう。

(だめだわ。手元に集中しなきゃ)

乱れる心が刺繍針にまで現れてしまう。アビゲイルのこと、マデリーンとの会話、そして、レオネルの懇願――すべてがヒューゴに繋がって、心がちりぢりになる。

(どうしよう。会いたい。声が聞きたい。大丈夫だって言ってほしい。せめて無事だと報せてほしい。どうしてこんなに遠いの……!!）

刺繍針を持つ指が震え、目尻（めじり）に涙がにじむ。無意識に布をつかむと、指先に鋭い痛みが走って小さく悲鳴が漏れた。人差し指の先に、赤い球がぷっくりと浮いていた。

カレンは刺繍布から突き出した針を見つめる。こんなところに針を刺しっぱなしにしていただろうか――茫然（ぼうぜん）と見ていると、リーリャが悲鳴をあげた。

「カレンさん！　指！　すごく血が出てます!!」

血がしたたり落ちる瞬間、大公妃がハンカチでカレンの指を包んだ。

「これでは刺繍は無理ですね。医務室に行ってください」

「申し訳ありません。あの……今日はこのままお休みをいただいてもいいでしょうか」

カレンの問いに、大公妃は深く息をついた。

「そうですね。許可します」

カレンは謝意とともに立ち上がり、よろよろと部屋を出た。

「なにかあったのかしら、あの平民」

かすかにヘンリエッタの声がする。

「戻ってきてからぼーっとしてますよね。心配です」

リーリャの声。

「付き添った方がよかったかしら」

続いて聞こえたのは意外と世話好きなローリーだ。カレンは逃げるように歩調を速める。気を抜くと涙がこぼれそうで、ぐっと奥歯を嚙みしめて王妃の私室へと向かった。

部屋に戻ると、意外にもグレースが一人で茶会用の資料を読んでいた。

「ヴィクトリア様はお仕事よ」

不便を強いられているはずなのに、グレースは愚痴一つ口にしない。きっと普段からそうしてカレンを気遣ってくれていたのだろう。

「今日はずいぶん中途半端な時間に帰ってきたわね。なにかあったの？」

資料から視線をはずしたグレースが、立ち尽くすカレンに尋ねてきた。

「いえ、なにも」

早く使用人部屋に戻らなければ。そう思うのに、なぜか視界がぼやけて足が固まってしまう。

「――では、なぜ泣いているの？」

思いがけない質問にカレンは目を瞬いた。頰に触れ、濡れていることに気づく。

「すみません。ゆ、指を、怪我してしまって、痛くて、痛くて、……痛くて」

胸が、えぐられるよう。

血のにじむハンカチすら、けぶった視界ではよく見えない。まるで霧の中に迷い込んでしまったみたいだ。出口がない。不安でたまらない。口を開けば嗚咽が漏れてしまいそうで、カレンは血がにじむほどきつく唇を嚙む。

「しっかりなさい、カレン・アンダーソン」

唐突に、けぶる視界に美しい人が飛び込んできた。グレースはカレンの頬を両手でつかみ、ぐいっと引き寄せてきた。

「あなたは私のたった一人の侍女よ。情けない姿を見せないで」

「も……申し訳、ありま……」

しぼり出した謝罪の言葉に、グレースは「でも」とかぶせてきた。

「本当につらいなら、逃げ出したくなるほど苦しいなら、ぶちまけてしまいなさい。私がすべて解決してあげる」

真摯な言葉を向けられて、カレンは無言のまま目を見開いた。「しかし」と戸惑いを言葉にすると、グレースは柳眉を逆立てた。

「私を誰だと思っているの？」

古都の姫として生き、王妃となって今なお自らを犠牲にし続ける人は、まっすぐカレンの目を覗き込んで言葉を続けた。

「私はあなたの主人よ。なにがあってもあなたを守ってみせるわ」

真摯な言葉がまっすぐ胸に刺さってきた。

グレースなら言葉通りにするかもしれない。もっとも危険な人に彼女がかかえる秘密を知られていると伝えてなお、カレンを守るためにすべてを投げ出そうとするかもしれない。

ずっとずっと、彼女を守ろうと、守っていると、そう思っていた。

けれど、そうではなかったのだ。

彼女の思いが胸に染みる。

「あ……あまり、甘やかさないでください。私、慣れていません」

こらえようとしていた涙がボロボロとこぼれ落ち、カレンはその場に座り込んでしまった。

そんなカレンの額に、幼子にするようにグレースがそっと唇を落とす。

「大丈夫、私がいるわ。私はあなたの味方よ。なにがあっても、どんなときでも。だから、怯(おび)えないで。大丈夫よ。信じましょう」

カレンになにがあったのか、どんな事態に直面しているのか、グレースは無理に暴こうとしない。本当は問いただしたいだろうに、カレンを想ってじっと我慢してくれている。

そして、なにも知らないうえで、それでもなお味方であると言ってくれるのだ。ヒューゴを信じようと、励ましてくれるのだ。

この人の前なら虚勢を張らなくてもいい。そう自覚した瞬間、気がゆるみ、嗚咽が唇を割った。カレンが泣きやむまでグレースは無言で胸を貸してくれた。

「ありがとうございます。もう平気です」

ひとしきり泣いたらすっきりと心が軽くなった。

「強情ね」

もっと弱音を吐けと、吐いてもいいのだと、グレースが言外に告げている。

「忘れないで。あなたには私がいる。たとえすべてを失っても、あなたを守ってみせるわ」

ささやくグレースの額が、こつんとカレンの額に触れる。

(ああ本当に、私が一人でこの方を守っているつもりになっていたけれど)

グレースは今、カレンの心を守ろうとしてくれているのだ。

伝わってくるぬくもりに、カレンは自然と微笑(ほほえ)んでいた。

状況はなにも変わっていない。

しかし、不安に囚(とら)われ、から回りしていた心がグレースのおかげで少し冷静になった。

「先ほどは申し訳ありませんでした」

涙が乾いたあと、グレースはカレンの指を治療して大公妃のもとへ戻るようすすめた。そしてカレンは、その提案に素直にしたがった。

これはさすがに予想外だったらしく、大公妃は驚きながらもこころよく迎え入れてくれた。

「では、これからお茶会の演習をおこないます。まず皆様に質問です。お茶会の目的はなんでしょうか」

カレンが席に着くと、さっそく問答がはじまった。

「多くは貴族同士の交流ですわ。結束を固めたり、情報交換をするのですわ」

鼻息荒くヘンリエッタが答えた。いつもはアビゲイルに先を越されるので、彼女より先に答えられたのが嬉しいらしく、頬が紅潮していた。

大公妃が「他には？」と続きをうながすと、ヘンリエッタの眉が跳ね上がった。褒めてほしいのに褒めてもらえない、それを不満に感じている表情だ。

「人脈を広げるとか、商談をするとか、ですか」

珍しくローリーが耳飾りをいじりながら答えた。一粒で一年は生活できそうな大粒の金剛石がキラキラと輝いている。

「そうですね。お茶会の利用用途は無限にあります。おのれの財力を見せつけ、優位を印象づけるのもいいでしょう」

大公妃の指摘に、ローリーはハッとしたように耳飾りから手を放した。

「基本的にお茶は侍女が準備するものですが、個人的なお客様、あるいは大切なお客様には、主賓自らがお茶を披露するのもいいでしょう。淹れるのは……」

大公妃がリーリャを見た。他の令嬢の手本となるようリーリャにあらかじめ頼んであったらしい。が、カレンが戻ってきたので、リーリャは躊躇っているようだった。

「私は普段から王妃殿下にお茶をお淹れしています。私が準備してよろしいでしょうか」

カレンが大公妃に尋ねると、「お願いいたします」と返ってきた。慣れない面々に少し緊張したが、できるだけ〝いつも通り〟を意識してティーセットを用意し、お茶をそそいだ。

そっと大公妃をうかがうと、実に満足そうな笑みが返ってきた。

「なんとも優雅なひとときですわね」

手放しの賛辞に「恐れ入ります」と恐縮する。

(大丈夫。まだ、大丈夫)

動揺は出ていない。カレンはほっと息をついてから異変に気づいた。お茶のにおいがいつもとわずかに違うのだ。

「申し訳ありません。少し問題が起こったようです」

大公妃に告げ、茶葉を手に取る。

「私の不手際です。新しくお淹れするまで少々お待ちください」

控えている侍女に新しい茶葉を用意させ、茶葉の状態を確認してもう一度淹れ直す。なにがあったのかと戸惑う令嬢たちに微笑んで「どうぞ」とお茶をすすめて席に着いた。

――茶葉の中に、傷(いた)んだものが入っていた。

(城で用意されたものに傷んだ茶葉が入り込むなんて考えられない。だったら誰かがわざと混ぜ込んだってこと？　一体誰が？　なんのために？)

メンバーを考えれば、リーリャが狙(ねら)われたのは間違いない。大公妃の前で恥をかかせようとしたのだろうか。

（……そういえば、刺繍のときも）

ぼんやりしていたとはいえ、布をつかんで怪我をするなんてあり得ない。刺繍が終われば針は針山に刺していたのだから。

（まさか、あれも誰かがやったっていうの？　誰かを陥れるために？）

針を刺した指がまだじんじんと痛んでいる。

（だけど地味すぎない？　城に来たばかりの頃を思いだすわ）

洗顔用のお湯をわけてもらえなかったり、食事にいろいろ交じっていたり、陰口を叩かれたり突っかかられたりした。

つらつら考えていると、木苺がこぼれんばかりにのっているケーキが目の前に置かれた。

（な、な、なにこれ⁉　バラアンの三巻目に出てきた木苺盛り盛りケーキにそっくり！）

「す……す、ごく、たくさん木苺がのってますのね」

ヘンリエッタがカレンの視線に気づき、咳払いとともに「うちのシェフだってこのくらい作れますのよ」と言葉を添えた。テーブルの中央に置かれた山盛りの果物からは甘酸っぱいにおいがただよってくる。真っ赤に熟れた林檎や黒々とした大粒の葡萄、樽形をした橙の名前もわからない果物もある。黄緑や黄色い果物。色鮮やかで見ているだけで心が躍る。

（……あれ？）

果物の山の中に見知ったものがまぎれ込んでいるのに気づくとドキッとした。

カレンと同じように反応したのは三人だ。一人はあからさまに目をそらし、一人は思案げに目を瞬き、もう一人は驚きに目を見開いている。まさに三者三様である。

(あの果物って、ザガリガの生果よね？　マデリーン様が何度も食べている一粒一万五千ルクレの高級果実！　取扱いが大変なやつ！)

どうしてもカレンは金額が気になってしまう。そんなに高価なものを出すなんて太っ腹、と、仰天していると、ヘンリエッタが無造作に手を伸ばし、ザガリガの生果をつまんだ。

「これはなんですの？　はじめて見る果物ですわ」

「だめよ、ヘンリエッタ様。それはあなたにはまだ早いわ」

そっと止めたのは、ザガリガの生果を見て思案げに目を瞬いていた第四派閥のローリーである。成金令嬢に果実を取り上げられ、ヘンリエッタが憤慨した。

「どうしてですの!?」

「どんな手違いがあったか知らないけれど、こんなふうに振る舞われる果実ではないわ」

「な、なんですのよ。体に悪いものですの？」

ヘンリエッタが怖々と尋ねると、ローリーは果実をぱくんと口に放り込んだ。果実が咀嚼され、潰れて飲み込まれていく。

「未加工のザガリガの実は避妊用なのよ」

「ひに……!?」

一拍あけて理解したらしいヘンリエッタが真っ赤になった。カレンも動揺した。

（避妊用⁉　なんでそんなものが茶席に出されるの⁉）

マデリーン用のものがまぎれ込んだというのか。

「本当に、とんだ不手際ね」

視線をそらしたままパタパタと扇を動かしながら文句を言うのは、別の派閥の異性と付き合っているというアビゲイルだ。

「本物をこんなに近くで見るのははじめてです」

反対に食い入るように見ているのはリーリャだ。巷で有名なのか、あるいは年頃の町娘なら知っていて当然なのか、もしくはカレンのように高額な果実の登場に純粋に驚いているのか、視線がザガリガの生果からはずれない。

ちなみにサラは、皆よりだいぶ遅れて「避妊用」の意味を理解したらしく、ヘンリエッタ同様に赤くなっていた。

「なぜザガリガの生果が混入したのかしら。いったん下げてください」

大公妃はさして驚いた様子もなく侍女に告げる。

侍女の手で運び出される果実を見送って、カレンはようやく違和感に気づいた。

（どうしてザガリガの生果を、未加工の果実を、マデリーン様が食べているの？）

乾物なら女性特有の悩みのために摂取していると納得できただろう。事実、カレンの中では生果も乾物も同じ効能があり、値段や保存の方法が違うだけだと思っていた。

けれど、摂取の目的がまったく違うのなら。

マデリーンが生果を本来の意味で摂取しているのなら、そこにある意図はこれ以上ないほど明確だ。

（避妊するために摂取しているんだ。二年前に夫を亡くしているのに）

貴族が愛人を持つのは珍しくない。政略結婚が多いため公式的なパートナーは生まれて間もなく家同士で取り決められ、愛する人は愛人として囲うのが日常茶飯事だ。

しかし、マデリーンにそうした相手がいるという噂はない。

亡き夫を今も愛し、喪服をまとう清廉な妻、それがマデリーン・ラ・ローバーツだ。彼女の弱みを握ろうと多くの人から話を聞き、一点の曇りもなかったことを忘れるはずがない。

だがここに別の顔がある。

（なぜ侍女たちは疑問に思わないの？　執事は？　公然の秘密なら、話を聞いて回っているうちに聞こえてくるはず。聞こえてこないのは）

秘密が、秘密として存在するからだ。

もう一度、調べてみる価値はある。

今このときもヒューゴが命がけで戦っているなら、カレンがうずくまっているなんて許されるはずがない。

おのれを鼓舞し、カレンは新たな可能性を視野に動きはじめた。

が、しかし、である。

(なんでなにも出てこないのよ⁉)

使用用途が限られ効能すら広まっていない果実はたいして疑問視されず、たとえ効能を伝えても「あのマデリーン様が？」と信じてもらえない。

時間を見つけて五日間、さりげなくマデリーンの愛人の存在をさぐってみた。けれど、驚くほど手応(てごた)えがなかった。見当違いと思えるほどに。

(マデリーン様の侍女に尋ねても、〝味がお好きみたいです〟って答えるだけだし！)

さすが王姉(おうし)の侍女はガードが堅い。最後には「マデリーン様に直接お尋ねください」と、これ以上尋ねるなら言いつけるぞと言外に牽制(けんせい)までしてきた。

またしても八方塞(ふさ)がりだ。

花嫁探しがはじまって十日、最終選考がはじまってさらに三十日以上――合計四十日以上、カレンはマデリーンに振り回されていることになる。

(うう、くじけそう)

辺境の戦況はますます切迫しているという。昨日、マデリーンの勅命(ちょくめい)で増援が王都を発(た)った。

合流した彼らが鳥報を飛ばしてくれれば、ヒューゴの安否もはっきりするだろう。

気がつくと、兵士たちが去った西の空を見つめていた。馬を駆れば、今ならまだ隊列の後尾をとらえることができるだろう。彼らについていけばヒューゴのもとまで行ける。

彼の一番近くにいることができる。

けれど、レオネルに言われるまでもなく、カレンが駆け付けても邪魔になるだけだった。

カレンが切なく息をついた直後、視界が大きく揺れた。

「きゃ……!?」

ぼんやりして階段を踏み外したのだ。壁に手をつき体を支えようとしたがわずかに届かない。そのまま階段を転がり落ちそうになったところで肩をつかまれた。

「なにをしている、カレン・アンダーソン！　完璧な骨格を損ねる気か!?　怪我をしたら輸血という施術もあるんだぞ！　血を混ぜたらその体にどれほどの価値が残るというんだ!?」

すごい角度から叱責が飛んできた。

顔を確認するまでもない。宮廷医長ダドリー・ダレルである。

「怪我で私の価値は下がりません。先日も指に針を刺してしまいましたが……」

「なぜ医務室に来ない！　なぜ私に血を提供しない!!」

「いやですよ！　なんに使う気ですか！」

「それは言えない」

相変わらず前向きに気持ち悪い人だ。怪我人を治療するのではなく、研究資料としてしか見ていないのだから。

「……あの、一応お医者様ですよね」

「一応、宮廷医長だ。医学界では一番偉い人だ」

（なんて絶望的なことを言うんだろう、この変態は）

心底嘆きながら、カレンはふと思いついて質問を口にした。

「ザガリガの生果をご存じですか」

「もちろんだ。なんだ、陛下が帰ってきたときのために用意する気か？」

しれっと訊かれて頬が熱くなった。

「な、な、なにをおっしゃってるんですか！」

「成婚前に懐妊してはいろいろ面倒だからな。いいだろう、工面してやろう。小指一本で一年分だ。最大限の譲歩だぞ。喜べ、カレン・アンダーソン」

ヒューゴがカレンに並々ならぬ好意を抱いていると承知している宮廷医長は、僥倖と言わんばかりに声を弾ませている。

カレンは狼狽えた。

「い、い、いりませんから――!!」

「しかし、ザガリガの生果による避妊以上に精度のいいものはないぞ」

「だ、だから！　そういう用途で訊いてるんじゃありません！」

「では、陛下以外に乳繰り合う男がいるのか。なかなか隅に置けんな。口止め料として小指と中指を請求する」

いかがわしいことに使うものだから、いかがわしいことをするためほしがっている。どうやら宮廷医長はそう考えているらしく、会話がどこまでいってもきわどすぎる。

「しかし、使い方には気をつけろ。未加工のザガリガの実は、摂取量を間違えれば避妊を通り越して不妊になるからな」

「そ、そうなんですか？」

「毒と薬は紙一重だ。まあ、愛人に食わせて不妊にして、思う存分楽しむという貴族もいるにはいるがな」

「なんですか、そのクズ」

自分が食べるのではなく、相手に食べさせる。しかも、相手の体にかかる負担など毛ほども考えず、純粋に肉欲のためだけに与えるのだ。

「しかも長期間定期的に摂取した場合、その不妊は一生続くと言われている」

「安全な摂取量は？」

マデリーンはカレンが見るたびに食べていた。困惑とともに質問すると、宮廷医長は「ふむ」と顎に手をやった。

「避妊用ということか。なるほど、積極的だな。よほどいい男がいるとみえる」

「私が食べたいわけじゃありません！」

「では相手に食わせるのか」

だめだ。訂正しようとすると話がどこまでもこじれていく。カレンはあきらめ、「どのくらいですか」と重ねて尋ねた。

「避妊であれば、一日三粒から五粒。不妊なら一日十粒」

「……三粒から五粒」

「流産が希望なら一度に三十粒だ。しかし、強制的な堕胎は体にかかる負担も大きくなるから、医者としては定期摂取をすすめる」

まあせいぜい気をつけろ、と、宮廷医長はカレンの肩を叩いた。カレンは脱力しながらさらに質問する。

「ザガリガの生果って、普通、女の人が食べるんですよね？　男の人に食べさせても効果があるんですか？」

「もちろんあるとも。男女ともに効果があり、なおかつ扱いづらい果物であるから高価なのだ。特定の人間が特定の理由でのみ買い求める禁断の果実、といったところだ」

（一粒一万五千ルクレの正体がそれってことね）

「ところで指は……」

「爪で我慢してください」

「おのれ、卑怯な」

悔しそうな顔をしながらも、カレンがいやいや差し出した手をつかみ、爪を切っていく。

(変態はつねにいろいろ持ち歩いてるのね。さすが変態)

これで我慢してやろう、と去っていく宮廷医長を見送って、カレンはじっと思案する。

(マデリーン様の夫には、たくさんの愛人がいた)

しかし、子どもができた愛人はわずか一人。愛人は受け取った慰謝料で店を持っている。そして、カレンが見た限り、生まれたのは公爵の子ではない。

(そうよ。そんなにたくさん愛人がいて、子どもがたった一人なんて不自然じゃない？　その子も公爵の子どもじゃないってことは——)

愛人との子どもは一人もいないことになる。

(婚外子を警戒したマデリーン様が、公爵にザガリガの生果を食べさせていた可能性はない？　マデリーン様が生果の効能を知ってるとしたら——)

愛人たちをすべて探し出して食べさせるより、公爵一人に食べさせるほうがはるかに楽だし効率的だ。長期間の定期摂取の結果、公爵が不妊だったと考えれば、奔放な生活を繰り返しても大きなトラブルが起こらなかった説明になる。

(あれ？　だけどちょっと待って。それだと矛盾しない？)

不妊の男と関係を持っても子どもは生まれない。

愛人の子は、だから公爵以外の男とのあいだにできた子どもだ。

ならば、マデリーンが産んだ子は。

鮮やかな金の髪に青い瞳を持った愛らしく聡明な二人の王子は、一体誰の子なのか。

カレンはよろめく。

探し続けたマデリーンの弱点は、第一派閥との蜜月に亀裂を入れる類のものだ。公になれば王室を揺るがす最大級の醜聞だ。

それは同時に、カレンの命をも脅かす秘密だった。

2

知ってはならない秘密を知ってしまった。

言葉にしたら、口封じに殺されるだろう類の秘密だ。

優位に立つどころの騒ぎではない。命の危機だ。しかし、知っていることを勘づかれるわけにはいかないので、いつも通りに振る舞わなければならない。

カレンは今、胴輪をしたトン・ブーに引きずられるように庭を歩いていた。

「止まりなさい！　それ以上進んじゃだめ！　これから大公妃様のところに行かなきゃいけな

いの！　遅れたら大変なんだから!!」

なかなか付き合ってやれないためか、最近のトン・ブーは散歩に命を懸けている。全力でカレンを引きずっていき、全力で花壇に突っ込み、全力で辺り一面を破壊し尽くすのだ。

「いい加減にしなさい、トン・ブー!!」

昨日閃いてしまった恐ろしい疑惑を検証するゆとりさえなく、カレンは悲鳴をあげる。

以前ならヒューゴが颯爽とやってきてトン・ブーを止めてくれた。けれど彼は今戦場にいて、幾度手紙を送っても返事がなく、安否すらわからない。

足下から崩れていくような感覚に身震いした瞬間、間近にある低木が大きく揺れ金の光が飛び出してきた。

一瞬、ヒューゴかと思った。けれど、まったく違っていた。

「大丈夫ですか」

頭に葉っぱをくっつけ、焦ったように問いかけてきたのはマデリーンの息子、フランシス・ワンドレイドだった。はじめて黒薔薇の庭園で出会ったときは未来の王になるかもしれない少年に緊張した。だが今は別の意味で緊張してしまう。

「うわ、ブタ!?」

トン・ブーに仰天して尻餅をついたフランシスは、立ち尽くすカレンを見て目を瞬いた。

「あなたはこの前の……じゃあ、あなたがカレン・アンダーソンさんですか、花章の」

慌てて立ち上がり、はにかんで手を差し出す。

「お礼が遅くなって申し訳ありません。市中に死の酒が出回るのを防いでくれてありがとうございました。治療薬にも貢献され、素晴らしいご活躍をされたとか」

初見もかなり好印象だったが、今回はそれに輪をかけて好印象だった。広大な領地を守る領主の息子として、そして、王族の一人としてカレンに敬意を表しているのだ。

（つい最近、これに似た状況で不幸になった人を知ってるだけに、心臓が痛いわ）

おずおずと握手を交わしながら、カレンは複雑な心境だった。

金剛石(ダイヤモンド)で富を築いた大国リュクタルには、次期皇帝を生み出すために巨大な後宮が造られている。その後宮に入り、不義を働いて皇帝以外の子を身ごもった女がいた。女はわが子を殺し、すべての罪をなかったことにしようと画策した。

女の愚行でさまざまな人が苦しめられ、あるいは、不幸にも命を落とした。

そして今、カレンの目の前にも不義の子がいる。

（フランシス様は本当の父親のことを知っているの？　マデリーン様を恨んでないの？）

けっして言葉にしてはならない問いを胸の内にとどめ、カレンは控えめに質問する。

「マデリーン様はいかがお過ごしでしょうか」

「王城にいるときはいつも忙しそうです。追加の兵を手配したり、政務に追われたり、会議に出たり、城内のトラブルの処理をしたり……僕は、母上が倒れてしまわないか心配で」

母を案ずる息子の言葉に、カレンはやはり複雑な心境だった。

花壇に頭を突っ込むトン・ブーにぎょっとしながらフランシスが言葉を続ける。

「母上はいつも言っています。女でよかったと。男だったら王になるところだった、紙一重で逃れることができた、と」

「王位は不評ですか？」

「母上は、王様なんて不自由なものになるものじゃないと言っていました。一生、国の奴隷だ。得るものは傅く人形と欲にまみれたブタばかり。玉座から見る景色ほどつまらないものはない、と。叔父上はこのうえなく不幸です」

心から同情されている。

（うわあ、マデリーン様なら皮肉たっぷりに辛辣な口調で言ってそう。王様って、権力者が最後に夢見るすごい地位じゃないの？）

権力の象徴のはずなのに不幸の代名詞になっている。根底にそんな発想があるからなのか、先王も、とっくに引退して余生を楽しんでいるらしい。

「そんなにも不幸なのに、戦にまで駆り出されて、叔父上は可哀想です」

心優しい甥っ子が、この国で一番偉い人を心から哀れんでいる。カレンとは認識が違うのだと言わんばかりだ。

しかしまさか、気の毒がられるとは思わなかった。

「フランシス様は、今、幸せですか？」

「はい！」

ぱあっと笑顔が輝いた。

「母上は厳しいですが優しく、弟もかわいいです。勉強はあまり好きではありませんが、剣術と狙撃（そげき）の稽古（けいこ）は楽しいです。本もときどき読みます。花も好きです。去年は屋敷の庭の手入れを手伝いました。今年植える木は僕が選んでいいと母上から許可をもらいました！」

よほど嬉しいのか言葉によどみがない。

（王子だから厳しくって訳じゃなく、わりと自由に暮らしてらっしゃるのね）

「お父さまは……」

「二年前に他界しました」

声の調子に変化がない。悲しむ様子も、懐かしむ様子もないのだ。カレンが戸惑うと、察したのかフランシスが言葉を継いだ。

「父上とは何度か顔を合わせたことがあります。声もかけていただきました。でも実は、あまりよく覚えていないんです。棺（ひつぎ）の中で眠る父上を見て、こんな人だったかな、と」

（……待って。マデリーン様が公爵様の肖像（しょうぞう）画を持ち歩くのって、まさか息子のため!?）

遊び歩いていた男は家にも寄りつかず、父親としての役割も果たさなかったのだろう。書類上は父親だから、マデリーンが配慮したに違いない。

「弟は父上に一度しか会ったことがないので、僕より覚えていません。いないのが普通だったので、父上がいないことを不幸だとは思いません」

どうやら息子のほうでも、書類上の父親と認識しているようだ。

「マデリーン様に頻繁に会いにくる親しい友人はいらっしゃるんですか？」

次々と花を引きちぎるトン・ブーに内心で悲鳴をあげながら、カレンは雑談をするような口調でフランシスに問いかけた。男の影が――息子たちの本当の父親の存在が、フランシスの言葉によって浮き彫りになるのではと期待して。

「親しい友人……フーカー侯爵夫人とは、よくお茶を飲んでいます。ゴールドマン伯爵夫人とは乗馬友だちです。カードゲームをするときはギルドレイ侯爵夫人を誘います。珍しい食べ物が手に入ったときは、たくさんの夫人を招いて昼食会をしてます」

(これで超有名人だったら、私、完全に詰みね。絶対に口封じに殺されるわ)

「――女性の方ばかりなんですね。男性は？」

カレンの不自然な話の振り方に気づかず、フランシスは「うーん」とうなった。

「よく会いに来るのは村長のホルマーです。先日、八十歳のお祝いをしたんですが、そろそろ足腰が……」

「ほ、他には？」

「農場主のレオです。この方はすごいんです。腰が曲がっているのに牛の世話がとてもうまくて、馬にも乗れるんです！」

尊敬の眼差しだ。しかし、カレンがほしいのはそういう系統の情報ではない。

「他には」

「大工のジャックもよく来ます。増設した牛小屋を定期的に見に来てくれて」

「お若い方ですか？　二十代とか、三十代とか」

「いいえ、八十代です。そろそろ若手を育てなければと言ってました」

悠長すぎる。

「マデリーン様と同年代くらいの異性のご友人は」

「いません」

「昔から、一人も？」

「いません」

毛ほども疑わずに断言されてしまった。マデリーンほどの女性なら、相手もそれなりの地位を有する貴族だろう。彼女が下々の人間と深い関係になるとは思えない。一時の感情に流されて愛欲に溺れるなんて、もっと考えられない。

（恐らく、まだその愛人とは続いてる）

マデリーンはいまだザガリガの生果を食べ続けているのだ。仮に以前の愛人と破局していても、新しい誰かと親密な関係にあるのは間違いない。

誰にも知られていないなら、相当口の堅い使用人の手引きで、舞踏会のような人の出入りが激しい場所で密会を繰り返している可能性が高い。

じっと考え込んでいると、急に赤い紐（ひも）がぐんっと引かれた。

「トン・ブー!? 危な……!!」

花壇を突き進むブタにカレンが悲鳴をあげると、どこからかフランシスの弟の声がした。

「引き留めてしまって申し訳ありませんでした、フランシス様」

カレンの謝罪に、少年は優雅に微笑んだ。

まだ散歩したりないと言わんばかりのトン・ブーをなだめすかして王妃の私室に戻ると、

「遅かったですわね」と、悩殺メイドが声をかけてきた。

「ヴィクトリア様はなにを着ても似合いますね」

凶悪なほどさまになっている。あの胸は卑怯だ。腰のくびれも、バランスよく豊かなお尻（しり）も、男たちが群がってしかるべき完璧なラインでカレンを攻めてくる。

「このメイド服、特注サイズですのよ」

「ですよねー」

こんな侍女がいたら、城が機能不全を起こすだろう。思わず素でうなずいた。

「大公妃様のところにはいつ行くの？」

　さらさらと書類にサインをしながらグレースが訊いてきた。カレンは時計を見る。

「今日はテーブルマナーを見たいそうで、夕刻からです。三時間コースと言ってました」

　なぜ晩餐会を三時間、なんて訊いてはいけない。一皿一皿丁寧に出された料理の説明を聞き、歓談する。それが貴族の食事なのだから。ワンプレート料理を愛するカレンは、想像するだけで胃が痛くなってくる。

（ああ、宰相家の血筋なんだわ。この胃痛……!!）

　そこまで考え、室内を見回す。

「……陛下からの、お手紙は」

　鳥報が来るとレオネルが届けてくれていた。宰相閣下にお使いなんてとんでもないと、はじめこそ恐縮していたカレンだったが、ヒューゴから手紙がこなくなってからというもの、レオネルの来訪を心待ちにするようになった。

　けれど、グレースはカレンの問いに首を横にふった。

「来ていないわ。レオネルがサインずみの書類を取りに来る予定だから、頼みたいものがあるなら用意なさい」

「あらグレース様、お優しいこと」

　ヴィクトリアが茶々を入れるとグレースがじろりと睨んだ。

「親切で言っているのではないわ。連絡一つよこさないせいでカレンの仕事に支障が出るから、一筆文句でも書いてやれと言っているのよ。最後には必ず〝戻ってくるな〟と書き添えなさい。無事が確認できればいいのだから」

「カレン、グレース様もヒューゴ様が心配だそうよ。早く手紙をお書きなさいな」

ヴィクトリアはグレースの性格をすっかり掌握したらしい。ズバリ言い当てられて反論をあきらめたグレースが頬を赤らめ口を閉ざしている。

(さすがです、ヴィクトリア様。もしかしてマデリーン様の愛人のこともご存じなのかしら)

訊きたい。しかし、カレンがマデリーンに敵視される事態になったら、質問に答えただけのグレースやヴィクトリアにも迷惑がかかるかもしれない。

立ち尽くすカレンを見て勘違いしたらしいヴィクトリアが、「ヒューゴ様ならきっと大丈夫ですわ」と励ましてくれた。

(――こんなときに、そばにいてくれたら)

どんなに心強かっただろう。無意識にヒューゴの姿を捜す自分に気づき、いてもたってもいられない気持ちになる。

「ここでお書きなさい。紙はこちらに、ペンはこれをお使いなさい」

ヴィクトリアがテキパキと用意してくれる。本当にすっかり侍女のようだ。カレンはすすめられるまま椅子に腰かけ、ペンを手に取る。だが、思いをつづれば会えない不安ばかりが言葉になってしまう。身勝手にも、無事を祈る一方で寂しいと訴えてしまう。

「陛下は、手紙さえ書けない状況なんでしょうか」

鳥報すら受け取れない厳しい戦況なのかもしれない。今まで書いてきた手紙は、何一つ彼のもとに届いていないのかもしれない。

「カレン」

ヴィクトリアが労るようにカレンの肩に触れる。

不意打ちのように襲ってくる不安に唇を噛み、カレンはそっと息を吐き出す。

「すみません、大丈夫です。こんなふうに落ち込んでいたら、帰ってきた陛下に笑われてしまいますね」

無理やり笑顔を作って紙片に向き直る。けれど、ペンを握った手が小刻みに震え、うまく字が書けない。懸命につづった文字はあまりにも不格好で、不安を吐露しているようだった。

カレンは紙片をたたみ、赤い紐をかける。

目を閉じるとノックの音がして、ひょこりと仮面の男が現れた。

「怠慢を絵に描いたような男が戻ってきたわね」

グレースがチクチクと嫌味を言ったが、専属護衛にもかかわらずつねに留守にし続ける仮面の男は、明らかにグレース以外のものを見ていた。

悩殺メイドのヴィクトリアだ。

ぶるぶると震えるハサクが声を出せたなら「なんという奇跡か！」ぐらいの発言をしていただろう。迷いなく大股(おおまた)で近づいてくるハサクの前に、カレンは素早く立ち塞がった。

びくんと体を揺らしたハサクが、カレンをよけようと右に足を出す。カレンもすかさず足を出し、同じように体を移動させる。ハサクが左に体を傾けるとカレンも対抗して体を傾けた。それを何度か繰り返すと、ハサクがピッと右手を挙げた。

「却下です」

今度は左手も挙げた。

「却下です」

両手を上下にふっている。

「許可は下りません」

発言を求めるハサクに、カレンはきっぱりと返す。ハサクがグレースを見た。グレースも取りつく島もなく「却下よ」と、告げた。ハサクが地団駄を踏んで抗議しているが、しゃべれば正体がバレる可能性がある。それでなくともうっかり声を出してひやひやすることがあるので、カレンの対応も、グレースの対応も、自然と厳しいものになってしまうのだ。

(どうせ口説くだけだし)

「ハサク、どうかしたんですの？」

状況を理解していないヴィクトリアだけがきょとんとしている。

「――そうだわ、ハサク。せっかく帰ってきたのだから仕事をなさい」

え、と、言わんばかりにハサクが全身でグレースに抗議をした。が、グレースは顎をしゃくって言葉を続けた。

「カレンのダンスのパートナーになりなさい。お前、はじめに一回相手をしただけで、以降はちっとも手伝ってないでしょう」

ハサクはカレンを見てがっくりと肩を落とした。悲しみが吹き飛ぶほどの屈辱だった。

（そりゃヴィクトリア様に比べたら貧相だけど！　こ、こ、これでも人並みなんだから！）

仕方ないから付き合ってやる。そんな態度を崩さないハサクを前にカレンは羞恥で顔を赤らめ、ふと首をひねった。若い頃に社交界の花とまで言われた大公妃が、第二王妃候補たちを一度も踊らせていないのだ。

（実はそれほど重要視していないとか）

「カレン、舞踏会用のドレスと装飾品が届いたから、あとで確認なさい」

「な、なんですか、それ！」

「舞踏会用のドレスは普段着るものよりも華やかなのは知っているでしょう」

「陛下からもらったものがあります」

花章を受けたときに着た一着で、カレンでは一生買えないような高価なものだ。装飾品だって、グレースが持つ宝石と並べても見劣りしないほど立派だった。

「同じものを着る気？　ハサクの服と合わせたから、着ないなんて許さないわよ」

「ハサクさんのも⁉」

「当たり前でしょう、パートナーなんだから」

「練習用のパートナーじゃなかったんですか⁉」

「……お前、本番を一人で踊る気でいたの……？」

バカなのかしら、と、グレースの目が言っている。言われてみればその通り、もし仮に踊れと言われたら相手が必要になるだろう。

（そうよ。大公妃様がパートナーを用意してるはずないじゃない！）

むしろ、わざと用意しないタイプだ。普段からして、突発的な事態に直面したときどう対応するか、そんなところを見ているきらいがある。

カレンは一礼し、ハサクの手を取る。大公妃にダンスを披露する機会があるかは別として、備えておく必要があるのだと足を踏み出した。ハサクと踊るのは久しぶりだ。緊張しながらヴィクトリアが取ってくれる拍子に合わせて体を動かすと「ほう」と小さくハサクの声が聞こえてきた。

「驚きましたわ！　いつの間にこんなに踊れるようになりましたの？」

一通り踊り終えて一礼すると、ヴィクトリアが感嘆の声をあげた。

「グレース様と練習したんです」

カレンが素直に答えると、ヴィクトリアが「まあ、グレース様ったら」と嬉しそうに目を細めた。グレースは、ぷいっと横を向いて聞こえないふりだ。

「いいですわね、仲のよろしいこと」

ヴィクトリアがぐいぐいとグレースに絡んでいる。

「ふむ。しばらく見ぬあいだになにやら雰囲気が変わったな。なにがあったのか……」

ぼそぼそと聞こえてきたのはハサクの声だ。見ているのはグレースである。

(嘘でしょ!?　グレース様の変化に気づいてる!?　ぱっと見、全然わからないのに！)

相変わらず異性のことになると嗅覚が異常だ。カレンはぐいっとハサクの手を引いた。

「もう一曲お願いします。ハサクさんが疲れて踊れなくなるまで何度でもお願いします！」

むしろ、付き合いきれないと逃げ出してくれればいい。

(ハサクさんをグレース様の専属護衛から転属させてもらわないと！)

グレースに相談し、レオネルに依頼する。転属後は接触をできるだけ減らし、最終的には一切顔を合わせることのない職場に異動してもらうのだ。

着々と構想を練りつつにっこり微笑むカレンを見て、ハサクが怯えたように肩を揺らした。

十曲ぶっ通しで踊ったらハサクが逃げ出した。

無事に目的を達し、ヴィクトリアに手放しで褒められたカレンは、グレースに断ってから射撃場へ向かった。

下手を打たなければマデリーンから命を狙われることはないと思うが、用心のために今一度、銃の扱いを確認しておこうと思ったのだ。

（マデリーン様の弱みを握ろうと思ったのに、つかんだ手札が強すぎて自分の身まで危うくなるなんて、誤算もいいところだわ）

カレンは嘆いた。ヒューゴが言うところの〝引きが強い〟のまさに典型である。いっそつかんでしまったものから手を放したい。しかし、つかんだ事実に気づかれたら、結局危険なことに変わりないので自衛に出ることにした。

射撃場は城の裏手にあり、いくつかある庭園のその向こうに造られている。最短距離で向かう途中、見知った令嬢たちに出くわした。

「ご機嫌よう、皆様」

アビゲイルをはじめとする第二王妃候補の一団に一礼して先を急ごうとしたら、ヘンリエッタが目を吊り上げて詰め寄ってきた。

「まあ、なんてみすぼらしい服を着ていらっしゃるのかしら」

「城で支給されるお仕着せは一級品です。ご覧ください、この生地を！　この縫製を！　職人が丹精込めて縫い上げた至高の一着です！」

メイド服の素晴らしさを力説したら、ヘンリエッタが引いていた。カレンが着れば普通のメイド服で、ヴィクトリアが着れば悩殺メイドに化けるなんて、もはや神業である。

「そ、そんなことどうでもいいですわ！　あなた一体どこに行かれるおつもりですの？　ま、まさか、マデリーン様の執事にまた言い寄るおつもりなの!?」

またとは心外な。カレンは首を横にふった。

「私はこれから射撃場に行くんです」

「近衛兵(このえ)に言い寄るんですの!?」

ヘンリエッタには、カレンがこのうえなくいかがわしく見えるらしい。

「射撃の訓練をするんです」

「大公妃様は、次に射撃をさせるのですわね!?　どうやって聞き出したのかしら！」

「そういうわけでは……」

「ずるいですわ、お一人だけ抜け駆けなんて！」

宮廷医長といい、なぜこうも会話が成立しない人が多いのか。カレンは神妙な顔になる。

(私の説明の仕方が悪いのかしら)

「護身用に練習したいだけです」

「私も教えてほしいです！」

ヘンリエッタを押しのけて懇願してきたのはサラだった。食しか興味がなさそうな令嬢が、頬を紅潮させてカレンを見つめる。

「わ……わたくしも、やってみようかしら。最近、物騒だし」

アビゲイルがチラチラとカレンの顔色をうかがいながら告げる。第一派閥の令嬢――しかもマデリーンの推す第二王妃筆頭なら優秀な護衛がつけられるだろうに、意外な反応だった。

「町歩きで何度か男の人に絡まれたことがあるの。やっぱり武器は必要よね」

ローリーまで興味津々だ。町歩きなんて貴族令嬢がすることではない。しかし、第四派閥は成金集団なので貴族より商人との付き合いのほうが多いのだろう。派閥全体が金持ちだと認識されているなら、カレンが思う以上に危険と隣り合わせな生活を送っているのかもしれない。

「リーリャさんはどうされますか？」

「銃は使えるので」

頼もしい言葉がさらりと返ってきた。田舎の庶民であるカレンは、王都に来るまで銃なんて持ったことも見たこともなかったが、都会の庶民は実にたくましい。

結局、リーリャ以外が射撃場に向かうことになった。

はじめて向かう射撃場は想像以上に広く、幾人かの兵士が銃を構えていた。

カレンたちを見ると怪訝な顔をし、はっと息を呑んで一礼した。城内を歩き回る彼女たちはすっかり有名で、兵士たちにも認知されていたのだ。

「すみません、射撃の練習をしたいのですが」

「ご自由にお使いください！　われわれはちょうど訓練を終えたところですので！」

「銃はこちらに！　銃弾は使ったぶんを申請してください！　では、自分たちはこれで失礼します！」

兵士たちは弾倉から弾丸を抜き、五丁の銃を台に置いた。きびきびと敬礼し、足早に逃げていく。「親切な方たちねえ」と、ローリーがさっそく銃を手にする。

「ところで皆さん、どうしてご一緒なんですか？　いつもはバラバラですよね？」

カレンは尋ねながら銃を確認していく。練習用だがよく手入れされていて状態がいい。

「私はヴィクトリア様を捜していたんだけど見つからなくて」

一番はじめに口を開いたのはサラだった。悩殺メイドとして王妃の私室にいたヴィクトリアを思いだし、カレンは曖昧に相づちを打った。

「私は人と会う約束があって……城内をうろうろしてたら門の辺りで騒ぎがあって、見に行こうと思ってた途中なの」

あら、約束をすっぽかしちゃったわ、と、あっけらかんと笑うのは、慣れた手つきで弾倉に弾丸を込めていくローリーだ。

「わたくしも、騒ぎを聞きつけて様子を見に行ったのよ」

続けて答えたのはアビゲイルだ。第一派閥のご令嬢らしからぬ好奇心にカレンは驚く。

「アビゲイル様まで、そんな子どもじみたことをなさいますのね」

ふふんっと笑うヘンリエッタは、勝ち誇ったような表情だ。

「そういうヘンリエッタ様は？」

思わずカレンが尋ねると、ヘンリエッタは派手に狼狽えた。

「わ、わたくしは、偶然通りかかっただけですわ！　騒ぎが気になったという野次馬根性ではございませんの！　駆け付けたときにはもう騒ぎは終わっておりましたもの！」

（ああ、野次馬根性で駆け付けたのに、今一歩出遅れちゃったのね）

長期間城に住み込んで大公妃と顔を合わせ、やることといえばおかしな問答ばかり。合間に乗馬や裁縫、お茶会や食事会などがあったにせよ、知り合いも少なく平坦な日々に、刺激を求めてしまっても致し方ない。

なんにせよ、ばったり会ってしまった令嬢たちの目立つ集団をカレンが見つけてしまったのは当然の成り行きのようだった。

「カレンさんは銃も使えますの？」

小声で尋ねてくるヘンリエッタにカレンはうなずいた。

「うまくはありませんが一通り習いました。護身用の銃も持ち歩いてます」

それ本当？　と、ヘンリエッタの目が驚きに見開かれる。その顔には、思いがけず純粋な賛辞が浮かんでいた。が、すぐにわれに返ったように不機嫌顔になった。

「田舎者のくせに生意気にも花章を受けたのですから、そのくらい当然ですわよ！　別に尊敬などしておりませんわ！　ちょっと感心しただけで!!」

射撃場といういつもと違う状況のためか、口調のわりに口元がすっかりゆるんでいる。

「……実は私、お菓子も焼けるんです」

「本当ですの!?」

「アレンジ料理も得意だったりします」

「素晴らしいですわ！」

「今度ご馳走しましょうか」

「ええ、ぜひ！」

ぱあっと笑顔の花が開く。

「実はヘンリエッタ様、私のこと結構好きですすか」

流れるように尋ねたら、ヘンリエッタがうっとりと答えた。

「ええ、だって憧れるでしょう。女性で花章なんてすごい快挙で……って、違いますわよ!?　あなたはわたくしのライバルで、ちっともこれっぽっちも好きではありませんのよ――!?」

（おおおう。これはわかりやすい！　立場は違えどグレース様と同じタイプだわ）

第二王妃の座を賭けて競い合う相手だから、馴れ合わないよう頑張っていたらしい。

ローリーが銃を構え、照準を合わせる。引き金を引くと銃声が響いた。しかし、標的にはかすりもしなかった。ローリーは「あら」と声をあげてから微笑んだ。

「花章は魅力的だけど、私はやっぱりお金のほうが好きだわ。第四派閥は成金貴族なんて言われているけれど、生きていく上では仕方がないでしょう？　結局、お金が一番大事なのよ」

まるで自分に言い聞かせるような口調だ。

「その理屈なら、第二王妃という地位は魅力的ですよね。でもローリー様は、第二王妃という地位に執着しているようには見えないのですが」

思わずカレンが声をかけると、ローリーはきょとんとした。

「お金があっても自由がないじゃない。飼い殺しなんて冗談じゃないわ」

「ではなぜここにいるんですか？」

「お金が好きだからよ」

にっこりと矛盾した答えが返ってきた。つくづく謎の人だ。

「そんなことより、銃の扱いを教えてくださらない？　引き金を引けばあたるの？」

苛々と割って入ってきたアビゲイルがカレンに銃を突きつけてきた。一つずつ丁寧に教えると、アビゲイルは真剣な顔で耳を傾け、さっそく実践をはじめた。

「もし銃弾で相手が死んでしまったらどうなるの？　わたくし、犯罪者になるのかしら」

「練習ですから」

「練習じゃだめなのよ。いえ、練習なのだけれど、とにかく、ちゃんと扱えるようになりたいの。形だけじゃなくて確実に撃てるようになりたいの」

鬼気迫る顔で言われてカレンは「わかりました」とうなずく。

「ところで、撃っても安全な場所はどこかしら？　頭はだめよね。胸は？　ああ、胸もだめだわ。心臓にあたったら死んでしまう。じゃあお腹は？　お腹(なか)なら平気よね？」

「いろんな臓器が詰まってるので、場合によってはかなり危険だと思います。肩とか腕、足などを狙うのが安全です」

「そんなところが狙えるわけないでしょ！」

叱責にカレンの口元がかすかに引きつった。アビゲイルの反応も謎すぎる。

「とりあえず、的で練習してみましょう。銃を構えてみてください」

カレンの誘いにアビゲイルは素直にしたがい、銃口を的に向ける。

「ねえ、これはどう狙えばあたるの？」

引き金に指をかけたままアビゲイルが振り返った。弾みで指に力が入るのが見え、カレンはとっさに手を伸ばした。

銃口が、ローリーに指導を仰ぐヘンリエッタとサラに向く。

「危ない……!!」

銃声と鈍い痛み。胸の奥で息が詰まり、一拍おいて気道を一気に逆流した。ごほっと咳(せ)き込み、ついで自分の体が仰向けに倒れていることに気づく。

（痛いのはどこ？　背中？　腕？　あとは……）

「カレンさん!?　だ、だ、だいじょう、ぶ、で……」

ガタガタ震えながら問いかけてきたのは、白煙をあげる銃を取り落としたアビゲイルだった。とっさに彼女の腕を持ち上げ、バランスを崩した彼女ごと地面に転がったらしい。彼女の体重を背中で受け止めたせいで、一瞬呼吸が止まっていたのだ。

「私は大丈夫です。アビゲイル様、お怪我はありませんか？　他の方は無事ですか？　指導がいたらず、怖い思いをさせてしまって申し訳ありません」

真っ青になって固まる令嬢たちに謝罪して起き上がり、痛みに顔をしかめた直後。

「あなたが怪我をしているのよ!?」

怒鳴られてカレンはきょとんとした。アビゲイルの指摘に体を見おろし、カレンは小さく声をあげた。メイド服の右腕の部分が破れていたのだ。

「きゃあああ！」

悲鳴をあげるカレンに、令嬢たちの顔が引きつる。

「丹精込めて縫い上げた至高のメイド服に傷が！　これ、きれいに直るのかしら!?　私の裁縫の腕が試されるときがきたのね……!?」

これはぜひとも完璧に直さねば、と、カレンが意気込んでいると、ぷっと小さく吹き出す音が聞こえてきた。

「なんなの、それ！　面白い方ねえ！」

声をあげて笑いながらローリーが落ちている銃を拾ってくれる。

「ご自分の体を心配してくださいませ。もう、本当に、心臓が止まるかと思いましたわ」

ころころと笑いながらヘンリエッタが手を差し出し、カレンが立つのを手伝ってくれる。

「大きな怪我がなくてよかったです」

ほうっと胸を撫で下ろすのはサラだ。

銃を暴発させたアビゲイルだけは茫然としていた。

「わ、わたくし、危うく人を……」

「大丈夫です、アビゲイル様。みんな無事です。私も、弾がかすっただけで骨に異状はないみたいです。ご心配おかけしました」

配慮不足だった。はじめて扱うものの危険性を理解していないなんてわかりきっていたのに、カレン自身もそれほど慣れていないために怖い目に遭わせてしまった。

「申し訳ありませんでした、アビゲイル様」

改めて謝罪すると、アビゲイルはきゅっと唇を噛んで、首を横にふった。

「射撃の練習はできそうですか」

「で、できるわ」

気丈にも顔を上げ、カレンをまっすぐ見つめて宣言する。カレンはうなずき、ポケットから取り出したハンカチで腕を縛ろうと悪戦苦闘すると、素早くアビゲイルがハンカチを取り上げ、丁寧に腕に巻いてくれた。

「医務室に行かなくてもいいの……？」

不安げに尋ねてくる。

「問題ありません」

（あの変態……じゃない、宮廷医長に見つかったらなにをされるか）

笑顔で傷をえぐるくらいはしそうだ。

射撃の訓練の続きをしようと足を踏み出したカレンは、ふっと眉をひそめた。

「どうしたの？　やっぱりどこか……」

「いえ、大丈夫です」

おろおろするアビゲイルに笑みを向け、カレンはそっと息を吐き出す。

右足首を、鈍く深い痛みが繰り返し襲ってきていた。

一通り銃の扱い方を教え、実射も経験させ、一時間ほどで射撃場をあとにした。

部屋に戻ると、ヴィクトリアはすでに仕事に戻っていて、グレースは窓辺の椅子に腰かけて書物に目を通していた。こっそり使用人部屋に行けば気づかれないと考え、カレンは足早に移動した。しかし、腕に巻いたハンカチに血がにじんでいたせいで怪我に気づかれてしまった。手当ては光栄なことに、グレースがプリプリ怒りながらやってくれた。

時間になったのでドレスに着替え、くじいた足を入念に固定して大公妃のもとに向かうと、本当に予定通り三時間かけて晩餐会がおこなわれた。

（貴族って暇なのね）

というのがカレンの率直な感想である。平民は働かなければ食べられない。食事に三時間もかけていたら飢えてしまう。もっとも、貴族の多くは領地の管理を主な仕事としていたので、優秀な執事や管理人、勤勉な領民がいれば、いかに領地を管理していくか、いかに貴族社会での地位を得ていくかに時間を費やすことができた。

カレンからしたら無駄ばかりの晩餐も、つまるところは仕事の一環なのだ。

「さて、いよいよ明日が最終日となるわけですが」

毛ほどの前ふりもなく、大公妃がデザートのあとのお茶を楽しみながら口を開いた。

（……は？　今なんて……）

カレンはとっさに反応できなかった。むろん、他の令嬢たちも同様だ。ヘンリエッタだけが「最終日が明日でございますか」と繰り返している。

第二王妃を決めるための試練が終わろうとしているのだ。

（……待って⁉　私、アビゲイル様に負けるためになにかした⁉）

混乱したカレンは、すぐに王姉マデリーンに対抗できる切り札を持っていることを思いだした。長年に渡る亡夫に対する非情なおこない。不貞の末に生まれた二人の子ども。第一派閥の中心的な名門公爵家を裏切った事実は、王族の立場すら揺るがすはずだろう。

（手札はある。だけど、使い方を間違えれば、あとがない）

代償は死だ。

最後のカードを切るタイミングは、〝最善〟以外すべて失敗となるだろう。

緊張に喉（のど）が乾く。

「最終日の題目はダンスです」

カレンは弾（はじ）かれるように顔を上げる。

「舞踏会を開きましょう」

大公妃は朗々と言い放った。

3

「これはどういうざまなの？」

冷ややかに響くのはグレースの声だ。彼女の視線はカレンの足首にそそがれている。二人分の体重を支えきれずにくじいた足は、晩餐会を終えた頃には真っ赤に腫(は)れ上がっていた。

「射撃場で怪我をしたのね？　どうして腕の手当てのときに言わなかったの？」

言ったら晩餐会に行くことを止められていただろう。押し黙るカレンを見てグレースは息をつき、ドアを開けて近衛兵に冷水を持ってくるよう命じた。

「私が……っ……!!」

とっさにソファーから下りたカレンは、脳天に響くような痛みにうずくまった。戻ってきたグレースが呆(あき)れ顔でカレンを睨んだ。

「じっとしてなさい。すぐに宮廷医長を呼んで治療を……」

「治療と言いながら足を切り落とすと思います」

医療道具とともに持ってくるのは牛刀かノコギリに違いない。

青くなるカレンに、グレースはすぐさま「そうね」と納得した。

「捻挫(ねんざ)が治るまでは安静になさい。大公妃様にお伝えしておかないといけないわね」

「そ、それが、そうもいかなくなってしまって」

「なぜ？」

「明日が花嫁探しの最終日になるそうです。大公妃様が舞踏会を開くと言っていました」

「――舞踏会？」

「ダンスを踊るそうです」

青ざめたまま答えるカレンを茫然と見つめたグレースが、テーブルに山積みになっていた封筒をかき分け、一通を取り出した。

「グレース様？」

「今日届いた招待状よ。舞踏会の主催者は大公妃様。急な誘いだから断ろうかとも思ったけど、相手が相手だから、参加する旨を使者に伝えてあるわ」

「今日届いたって、まさか本当に思いつきで舞踏会が開かれるんですか？」

「届いたのはあなたがディナーに出かけた直後だから、あらかじめ準備をしていたんでしょう。わざと翌日に設定したのは、柔軟な対応ができるかどうかを見るため――ドレスと装飾品を用意しておいて正解だったわ」

「もし、用意できていなかったら？」

「その時点で失格よ。だけど」

グレースはまっすぐカレンを見た。

「棄権しなさい。この足では無理だわ」

無情に突きつけられる現実に、カレンはぎゅっと拳を握った。今も足首はズキズキと鈍く痛んでいる。立ち上がることすらままならず、ダンスなんて絶望的だ。けれど、棄権すれば第二王妃の権利を手放すことになる。

（アビゲイル様が第二王妃に近づくためにはライバルが少ないほうがいい）

カレンの不参加を〝手助け〟ととらえ、マデリーンは喜ぶだろう。よくやったと、癖の強い笑みで片手間に褒めてくれるだろう。

けれど。

「ダンスを踊らないだけで、花嫁探しを棄権するわけではないわ」

グレースの言葉に、肩が大きく震えてしまった。

「で……でも、誰も休んだことなんてありません。大公妃様が無茶な提案をするのはいつものことで、令嬢たちはそれに応え続けてきました。ここでやめるわけにはまいりません」

(争って負けるのはいやだ。争わずに負けるのは、もっといやだ)

ふと思い浮かんだのはヒューゴの姿だった。

これが最後の試練なら、マデリーンの意に反しようと棄権だけはしたくない。

「私は、出ます」

「この足では無理よ。踊れないわ。無様をさらすだけよ」

「踊れます。グレース様に迷惑はかけません」

カレンが告げると、グレースの表情が強ばった。ぐっと眉根が寄る。

「——踊るなと、私が言っているのよ」

静かな言葉には懇願の響きがあった。それに気づいて戸惑うと、沈黙の中、ドアをノックする音が聞こえてきた。立ち上がろうとするカレンを制し、グレースがドアに向かう。

「水をお持ちしました」

ドアを開けたのがグレースであることに驚きながらも近衛兵が桶を運び入れる。

「カレンのところに置いてちょうだい」

近衛兵はカレンの足が赤く腫れていることに気づき、困惑気味にグレースを見た。

「この強情者が、どうしても明日までに足首の腫れを取りたいと言うの。たびたび水を頼むことになるだろうから、もう一人、近衛兵を手配してもらえるかしら」

「承知いたしました」

なにかを察したのか、近衛兵はこころよく応じると桶を置いて部屋を辞した。

「グレース様」

「――負けるなと言ったのは、私だったことを思いだしただけよ」

怒った口調で告げるグレースの横顔は、不安を隠しきれずに曇っていた。それでもカレンに手を貸してくれる。

「ありがとうございます」

カレンの謝意にグレースは唇を尖らせた。

「礼なら明日言いなさい。その足が治ったら聞いてあげる」

第六章　舞踏会には波乱がつきものらしいですよ！

1

「ま、まあ！　どうなさったの⁉」

朝、部屋にやってくるなりヴィクトリアは悲鳴をあげた。

それもそのはず、室内には、夜通しカレンの世話を焼いたグレースがぐったりとソファーに倒れ込み、手厚い治療を受けたカレンもほとんど寝ないで夜を明かし、軽く屍になっていたのである。

「こ、これは、ヴィクトリア様」

美しい王の元許婚の登場に、助っ人で呼ばれた若き近衛兵は狼狽えた。

「カレン様が怪我をされ、王妃殿下がその治療に……」

「怪我？」

「足を捻挫したようです」

「大変ですわ。カレン、大丈夫ですの⁉」

半分意識が飛んでいたカレンは、駆け寄ってきたヴィクトリアにはっとわれに返った。

「もう！　こんなことならわたくしを呼んでくだされればよかったのに！」

「ご迷惑をおかけするわけには……」

「カレンのためならなんだっていたしますわよ。それで、捻挫はどうなっていますの？　痛みは？　腫れは……ないようですけれど」

「グレース様が頑張ってくださったおかげで、すっかりよくなりました」

どうあっても腫れが引かず、日付が変わった頃にグレースが宮廷医長を呼びだした。「深夜料金だ。足を二本いただこう」と、真顔で明言した宮廷医長を疲労が頂点に達していたグレースが冷ややかにねじ伏せ、二人がかりの治療のおかげで明け方にようやく痛みがやわらぎ、腫れも引いたのだ。

感謝してもしたりない。

「近衛兵の方も、ありがとうございました。何度も井戸と王妃様の私室を往復していただいて、本当に助かりました」

カレンの言葉に、若き近衛兵は赤くなった。

「いえ、自分は言われた仕事をしたまでで……あ、用心にもう一杯水を取ってきます」

きびきびと部屋を出ていく。近衛兵は全員、貴族の子弟だ。本来ならたかが侍女にここまで丁寧に接することはないのだが、いつも感心するくらい礼儀正しく親切だ。

「ありがたいことです」

思わずつぶやくと、ヴィクトリアがふっと微笑んだ。

「日頃のおこないの賜物ですわね」

「そ、そんなことは……」

「死の酒は、民どころか貴族をも蝕んでいたのですもの。わたくしも、わたくしが大切にする者たちも、カレンが気づかなければ危うく口にするところでした。あなたが思っている以上に、あなたに感謝している人間が多いことを心に留めておくとよいと思いますわよ」

片目をつぶる。

（ぐはっ。なんという破壊力！）

魅惑のウィンクに驚愕しているとグレースが目を覚ました。

「足は⁉　どうなったの⁉」

カレンの足首を見て、安堵とともに脱力する。

「ありがとうございます、グレース様」

「別にお前のためじゃないわ。私の侍女が不戦敗だなんて許せないから、私のためにやったの」

照れ隠しにツンツン全開だ。

「あらまあ、グレース様ったら今日もおかわいらしいこと」

そこでようやくヴィクトリアに気づき、グレースが耳まで赤くなった。

「いるならいると言いなさい！」

「ごあいさつが遅れて申し訳ありません、グレース様。レッティア家の長女、ヴィクトリアが王妃殿下にごあいさつ申し上げます」

懇切丁寧に一礼されてグレースは肩をすぼめた。そんな様子をほんわか眺めていると、コホンとグレースが咳払いした。

「ヴィクトリア様も大公妃様から招待状は受け取っている？」

「はい、今朝いただきました。なんでも特別な催しなので、ぜひ参加してほしいと」

「……私のところとは文句が違うようね。どうするの？」

「もちろん参加いたしますわよ。大公妃様が王城で舞踏会を開くなんて、異例中の異例ですもの。グレース様も、こんな急な舞踏会によく許可を……」

「私は関与していないわ」

「え？　では、一体誰が……」

「〝姉上様〟でしょうね。今、あの方が城の全権を握っているから」

「――マデリーン様がかかわっているということは、つまり」

カレンを見るヴィクトリアにグレースが肩をすくめた。

「花嫁探しの最終日の催し物が舞踏会ということのようね」

グレースの言葉にヴィクトリアはぎょっとした。

「ドレス！　ドレスの試着もまだですわよ!?　カレン、ドレスを着て、ちゃんと合っているか確認を……ああ、その前に食事を！」

「落ち着きなさい。舞踏会は夕刻からよ」

「カレンのサイズに合わせて作らせましたが、仮縫いのときも試着しておりません！　わたくし、ドレスには幾度も苦労させられました。何度寸法が合わずに直したことか……!!」

と、ヴィクトリアが豊かな胸を押さえる。

（それは日々成長されてるからなのでは!?　私にはあまり関係のない悩みなのでは!?）

誰もが羨む完璧なボディを持つヴィクトリアを見て軽くへこみつつ、カレンはソファーから下りる。

（ん……？）

鈍い痛みに思わず足下を見た。

「カレン、痛むの？　休んでいなさい」

「そうですわよ！　給仕ならわたくしがいたしますわよ！」

グレースがカレンを労り、ヴィクトリアがとんでもない申し出をする。

（公爵令嬢に給仕とか！　そんな恐れ多い……!!　グレース様が手当てしてくださったことだって恐れ多いのに!!）

これ以上親切にされたら卒倒しそうだ。

「大丈夫です。問題ありません」

カレンはにっこり微笑んでドアに向かう。ちょうどそのときノックの音が響き、先ほどの近衛兵が戻ってきた。

「歩いても大丈夫ですか？」

「食事の支度をすると言ってきかないのよ」

カレンに手を貸そうと近づいてきた近衛兵は、グレースの言葉にすぐに状況を察した。

「ここでお待ちください。自分が厨房まで行ってきます」

桶をテーブルの横に置き、颯爽と去っていった。呆気にとられるカレンを、グレースは強引に椅子に座らせる。

「舞踏会までできるだけ動かない。いいわね？」

きつい口調で心配してくるグレースに、カレンはおとなしくうなずいた。

朝食をとり、散歩に連れていけとせっついてくるトン・ブーをヴィクトリアに任せ、カレンは久しぶりに王妃の私室で縫い物にいそしんでいた。

手にしているのは、昨日、銃弾で破れてしまったメイド服だ。

しかし、思ったよりはかどらない。困難を極めるであろうマデリーンとの交渉と、ヒューゴの安否が気になって手元に集中できないからだ。

ヒューゴの安否に関しては、いまだ一切わからない。戦況も不明だ。

早馬で移動しても十日はかかる距離だから、増援が合流するのにしばらくかかるため、彼らからの報告も期待できない。レオネルが今も頻繁に鳥報を飛ばしているようだが、それに関しても返答はごく短いものだという。

カレンが繰り返し送っている手紙も、ヒューゴに届いているか不明の状況だった。

ぼんやり外を眺めているとグレースが隣に腰かけて、ぴたりと寄り添ってきた。

（な、慰めてくださってる……!?）

寄り添ってくるグレースは、やっぱり以前とは少し雰囲気が違っていて、近くにいるとそわそわと落ち着かない。

「グ、グレース様、舞踏会に着ていくドレスを合わせましょうか！」

縫い物を中断して提案すると軽く睨まれた。

（うあああ、なんか違う！　前と違う！　ど、ど、動悸が！）

カレンの中ではすっかり〝女性〟にカウントされていたはずのグレースが、今は別の枠にいる気がしてならない。

腰を浮かせると大騒ぎしながらヴィクトリアが帰ってきた。散歩を堪能したらしいトン・

ブーが、水をよこせと要求してくる。用意してやると、ヴィクトリアが小首をかしげた。

「どうかしましたの？」

「い、いいえ。ドレスを、合わせようかと思いまして」

「お待ちになって！」

衣装部屋に飛び込んだヴィクトリアが、ドレスと装飾品、靴を持って戻ってきた。レースとリボンで華やかに飾られたドレスは、どう見ても高価で、どう見てもカレン用だった。

「いえ、グレース様のドレスを……」

「カレンのドレスが先ですわ。お手伝いいたします！」

ささっと応接室のドアを施錠したヴィクトリアが、目をきらめかせて詰め寄ってきた。勢いが強すぎて拒否することもできず、カレンはおとなしくしたがった。

最近はウエストを締めないドレスが主流だが、ダンスは古典的なドレスが好まれる。コルセットでウエストを細く見せ、胸元を開け、華やかに上品に見せるスタイルだ。

当然、着るのもそれなりに時間がかかる。

ただしカレンは慣れていないので、比較的締めつけないタイプのものが選ばれた。

「胸の辺りはぴったりですが、脇が少しゆるいですわね。ウエストも詰めたほうがいいでしょう。裾も少し上げて……腰の辺りのリボンは幼く見えるからはずしましょうか。レースも少し控えめにしたほうがいいですわね」

全体を見ながらヴィクトリアが思案する。

（ちょっと直すだけだと思ってた！）

仰天するカレンを見つめ、グレースも「そうね」とうなずいている。

「ドレスの飾りをはずすなら、首飾りはもう少し盛りましょう。ちょうどいいのを持ってるわ」

「グレース様の首飾りなんて怖くて使えません！」

カレンは悲鳴をあげる。小市民たるカレンにとって、グレースの装飾品は触るのも恐れ多い宝石ばかりだ。侍女だから管理しているが、本来なら目にすることすらできない品々である。

「第二王妃の座を競っている身でなにを言ってるの」

「庶民なんです、私！」

いかに自分が小者(こもの)であるかを力説すると、ふうっとグレースが息をついた。ヴィクトリアも笑っている。

「小者が聞いて呆(あき)れるわ。いい？　ダンスなんて、まずは形から入るものよ。いいものを着てそれっぽく踊っていれば、皆、勝手に誤解してくれる程度のものよ」

「グレース様の意見は極端にせよ、一理ありますわね。美しく着飾って優雅に踊るのが舞踏会です。ダンスも一定の型があり、誰とでも踊れる。大公妃様がなにをお考えかは定かではありませんが、着飾って損はないでしょう。では、手直しをいたしますわよ」

キリッとヴィクトリアが表情を引き締める。バランスを見ながら飾りを取り外し、あるいは追加し、ウエストなども手早く修正していく。

「ヴィクトリア様、手際がいい……!!」

「留学中はこういうことも自分でしていましたの。意外と器用でしょう？」

自慢げにヴィクトリアが微笑む。けれど、いくら手際がいいといってもそれなりに時間がかかる。舞踏会と聞いて様子を見に来てくれたランスロー伯爵夫人に激励されつつ昼食をとり、さらに二時間ほどドレスの手直しに時間を費やす。

ドレスに合わせて髪を結い上げてもらい、カレンは感嘆の溜息(ためいき)をついていた。

ヒューゴから贈られたドレスも華やかで上品な一着だったが、ヴィクトリアの見立てたドレスはそれより幾分甘く、愛らしい印象だった。しかし、上品さもしっかりと生きている。

「慣例として、第一派閥は古典的なドレスを好みます。第二派閥は比較的自由ですけれど、ヘンリエッタ嬢なら愛らしいドレスで攻めてくるでしょう。第三派閥はもともと流民であるためか舞踏会でも個性的で目立つドレスを着ます。第四派閥は成金貴族と言われるだけあって、下品……いえ、失礼。お金をかけたドレスを好む傾向にあります。なので、どこの派閥とも重ならないように配慮いたしましました」

「派手すぎませんか？」

「舞踏会は目立ったもの勝ちです」

生き生きとヴィクトリアが断言する。はじめて出席した舞踏会は緊張して周りを見るゆとりすらなかったが、今回も同じ状況になりそうだった。

(どうしよう。緊張しすぎて気持ち悪くなってきた……)

よろめいたカレンは、そこで、はっとわれに返った。

「あの、ハサクさんは？　朝から姿が見えないんですが」

舞踏会は夕方から――正確な時間は記されていないが、だいたいは四時頃からはじまって、八時頃に終わるのが定例だ。場合によっては十時頃にお開きになることもある。

舞踏会がはじまるまで、あと二時間。

しかし、カレンのパートナーは一向に姿を現さない。

「舞踏会の噂(うわさ)を聞きつければ戻ってくるのでは？」

ヴィクトリアはさして気にした様子もなく告げるが、ハサクが果たしてそこまで気を回すタイプだろうか。

(今までみんなが自分に合わせてくれるような生活を送ってたのよ⁉　生活環境が変わって、立場も変わって、いきなり人に合わせるような配慮ができるものなの⁉)

そもそも〝他人に合わせる〟という発想が存在するだろうか。

「わ、私、捜してきます」

「近衛兵に捜させるわ」

「だめです。職権乱用です」

「王妃専属の護衛が行方不明になっているのよ。捜させて当然でしょう」

動転するカレンに言い放ち、グレースは近衛兵を呼びつけてハサクを捜すよう命じた。

しかし、一時間たってもハサクは見つからなかった。

「パートナーがいない場合は……」

「舞踏会に来ている人に頼めば踊ってくれるでしょうけれど」

青ざめるカレンにグレースは渋面で答え、ちらりとヴィクトリアを見た。

「あまりおすすめいたしませんわ。舞踏会に来る紳士はもれなくどこかの派閥に入っています。自分の派閥から出た令嬢が有利になるよう、あえて足を引っぱる可能性があります」

「だったら近衛兵にパートナーを頼むのはどう？　彼らはカレンに友好的だわ」

「服が合いませんわ。ハサクと体格が違いすぎます」

本物ほどではないが、身代わりとなった今のハサクも体格がいい。そんなハサクに合わせて衣装が作られているから、他人が着ればどうしても不格好になってしまう。かといって、適当な服を着せて同伴を頼めば、近衛兵が恥をかくことになる。

「あの、ヴィクトリア様も第一派閥ですよね？　私の手伝いをしたら悪く言われるのでは」

「レッティア家はそれほど弱い家柄ではありませんわ。……そうですわね。お父さまに連絡を入れ、パートナーを務めていただくという手も……」

「捜してきます！　私が！　ハサクさんを!!」

レッティア公爵を巻き込むなんてとんでもない。カレンは飛び上がり、グレースたちが止めるのも聞かずに廊下を走り出した。

(あと一時間でハサクさんを見つけ出さないと！)

見つけ出して着替えさせ、舞踏会に向かわなければならない。城内の大広間が舞踏会の会場というのは幸いだった。

(移動時間は考えなくてもいい。だけど、舞踏会がはじまってすぐ踊らなきゃならないだろうし、時間がないことに変わりないわ)

ハサクはどこに行くだろう。考えてみたが、まったく思い当たらない。最近の彼は王妃の専属護衛という立場でありながらグレースから離れ、まともに顔も合わせない状況だった。

カレンのダンスに付き合ってくれたのは、もっぱらグレースである。

(ハサクさんの服だって手直しが必要だろうし……ああ、本当にどこにいるの!?)

女性が多いところだろうか。あたりをつけて洗濯場に行ってみたが仮面の男の姿はない。厨房にも、女性が多い部署の部屋にも、彼の私室にもいない。

(馬房とか！)

馬を好んだのは〝今〟のハサクではなく〝過去〟のハサクだったが、一縷の望みを胸に覗いてみた。しかし、やはりいない。代わりに目についたのは、馬丁が次々とやってくる豪華な馬車を奥へ奥へと誘導している姿だ。すでに招待客は着々と集まっているらしい。

（パートナーがいないとどうなるの？　失格？　棄権？　この舞踏会は、第二王妃を決める基準にどれだけかかわってるの？）

貴族を呼んでいる。観衆の目があるのなら重要に違いない。

茫然と立ち尽くしていると、「カレンさん」と声が聞こえてきた。見れば、個性的なドレスに身を包んだサラ・コリンズが、パートナーであろう男と立っていた。

「こんなところでどうしたんですか？　もうローリー様やリーリャさんは舞踏会の会場に向かってますよ。先ほどお会いしたんです。カレンさんもそろそろ行かれたほうが……」

「え、ええ、そうですね。行こうと思っていたところです」

時間が差し迫っている。ばくんと鼓動が跳ねた。

「ところで、グレース様の護衛をどこかで見ませんでしたか？　仮面をつけた、リュクタルの兵士なのですが」

「ああ、噂の！　実はずっと捜していたんですが、一度もお会いできなくて！　いらっしゃらないんですか？」

不思議そうに尋ねられ、カレンは曖昧にうなずいた。

「リュクタルのお話を伺いたいので、今度ぜひご一緒にお茶でも。招待状を書きます」

目をきらめかせるサラに、パートナーの男が驚いたように目を瞬いた。

「サラがお茶会なんて珍しいな。誘われても面倒だからっていつも断ってるのに」

「い、いいでしょ、たまには。あ、それでは失礼しますね、カレンさん」

軽くパートナーを睨んでから、サラはふんわりと一礼して去っていった。

刻一刻と舞踏会の時間が迫っている。

近衛兵が城内を捜しても見つからなかったなら、城の外にいるかもしれない。

カレンは広い庭園を見た。足を踏み出し、鈍い痛みに息を呑んだ。

（……今靴を脱いだら履けなくなりそう）

再び腫れていることなど確認しなくてもわかった。一度意識しはじめると痛みがどんどんひどくなっていくが、カレンは奥歯をぐっと噛みしめて庭園を進んだ。

庭園にいなかったら城壁の外を捜す必要が出てくるが、とてもではないがそんな時間はない。

カレンは祈るような気持ちで庭園を見て回る。

奥へ奥へと突き進むと、ふんわりと広がったスカートが枝に引っかかった。慌てて立ち止まったカレンは、ようやく黒薔薇の中に迷い込んでいることに気がついた。

「だ、誰かいませんか？」

ハサクほど目立つ男なら誰かが覚えているだろう。そう思うのに、庭師の姿すら見つからず、尋ねることもできない。

焦りながら辺りを見回していると、どこからか言い争うような声が聞こえてきた。

「なぜだ⁉　俺は別れる気なんてないぞ！　俺を好きだって言ってただろう！」

「やめて！　そういうところがいやだって何度も言ってるでしょ！　自分の感情ばかり押しつけて、人のことを考えもしない身勝手なところに嫌気がさしたのよ！」

苛立つ男の声と、女の金切り声。

「身勝手はお前だろ⁉　なんだよ、花嫁探しって！　なんで俺を無視するんだ⁉」

「あなたとはもう終わってるの！　いい加減にして！」

「終わってない！」

「きゃ！　やめて！　放して‼」

悲鳴に似た声に、カレンははっとして声のするほうに向かった。黒薔薇を押しのけると棘が引っかかって手の甲が切れた。痛みに顔をしかめ、枝に絡まるスカートをつかむ。指先にいやな感触が伝わってきた。

（い、今、スカートが裂けたような……き、気のせいよね⁉）

なおも激しく言い争う声にドレスに気を払うゆとりもなく、カレンは薔薇園に突っ込んでいく。トン・ブーの散歩に使うのは庭園の中でも歩きやすく整えられてる道ばかりで、ドレスをまとったまま薔薇園を歩くのがはじめてのカレンは思うように進めなかった。

「痛い！　痛いったら！　誰か助けて！」

ひときわ高い悲鳴――だが、誰も彼もが舞踏会の準備に追われているのか、異変に駆け付ける人の気配はない。

カレンは手を伸ばし、目の前の枝を払う。

「アビゲイル様……!?」

薔薇園でお茶が楽しめるよう造られた東屋(あずまや)に、第一派閥のご令嬢アビゲイル・ド・アーネットと中年の男がいた。男はアビゲイルの手をつかみ、今まさにどこかに連れ去ろうとしているところだった。

(アビゲイル様は派閥の違う人と付き合ってるって……!!)

別れ話がこじれた末、未練がましく会いに来たのだと察した。アビゲイルより十歳――もしかしたら二十歳は年上だろう男が、血走った目でカレンを睨んだ。

「邪魔をするな！　これは俺と彼女の問題だ！」

「こ、この人、昨日も城に入り込もうとして騒ぎを起こしたの！　とうに終わってるのに、わたくしにつきまとって迷惑してるの！」

「終わってない！　まだ話し合いの最中だ！　いいから来い！」

怒りの形相で男がアビゲイルの腕をねじり上げる。

「乱暴はやめてください！　アビゲイル様は国王陛下の花嫁探しで最終選考に残られた令嬢で

す。もしなにかあったら、あなたの家名にも傷がつくことになります」

カレンの言葉に男はびくりと肩を揺らした。以前聞いていた噂話や、男の身なりからしても貴族であることは間違いない。城で騒ぎを起こせばそれなりに処罰されることも、当然、理解しているはずだ。

「お引き取りください。これから舞踏会があります。アビゲイル様は、それに出なければなりません」

近づきながら訴えたが、男はアビゲイルから手を放そうとしない。

カレンはなおも言葉を続けた。

「騒ぎを大きくして得をする人なんていません。あなたも辛い思いをするだけです。どうかこのままお引き取りを」

「黙れ！」

「お願いです。アビゲイル様を解放してください」

「黙れと言ってるだろう！」

男は懐に手を突っ込み、短剣を取り出すと乱暴に振り回しはじめた。ぎょっと足を引いたカレンの鼻先すれすれを短剣の切っ先が通りすぎていく。

ドレスが短剣に引っかかり、裂けたレースがひらひらと草の上に落ちた。

カレンはよろめき、薔薇の中に倒れ込んだ。痛い。けれど、痛みに縮こまっている場合ではない。スカートの中に手を入れ、ガーターベルトから銃を引き抜いて男に向けた。

ぴたりと男が動きを止める。

「そんなはったりが通用するか。いいか、手を出すな。俺はアビゲイルと話が……」

カレンは素早く安全装置をはずすと引き金を引いた。

響く銃声に男がびくんと体を揺らす。アビゲイルから手を放し、自分の首に手をあて、赤く濡れているのを確かめるとカレンを睨んだ。

「お前、よくも……!!」

怒りの矛先が、アビゲイルからカレンに変わる。

「本当に話を聞いてほしいなら、あなたは暴力に訴えず、真摯に話しかけるべきでした。何度でも繰り返し、相手が耳を傾けるまで声をかけ続けるべきだったんです。最低限の敬意すら払えず怒りにまかせて暴力をふるうなら、私は相応の手段で対処します」

薔薇に倒れ込んだままの姿勢で照準を男に合わせ、にっこりと微笑んだ。

「私にはあなたに払うべき敬意がありません。どうぞそのまま斬りかかってください。私が引き金を引くのと、あなたの短剣が私に届くのと、どちらが早いか試してみましょう。ちなみに今狙ったのは肩だったんですが、少しズレてしまったようです。次も肩を狙って引き金を引きますが、どこにあたるかはわかりません」

「王の庭で、ひ、人を、傷つける気か」

「窮地の令嬢を助けるためのささやかな抵抗です。たとえ相手が〝落命〟しても、陛下なら許してくださいます。さあ、いつでもどうぞ。あ、一つ言っておきますね」

ぐっと引き金に力を込める。

「これ、正当防衛ですから」

銃がカチンと音をたてる。刹那、男が悲鳴とともに逃げ出した。もともと銃弾は一発しか入れてなかったのだが、あまりに見事な逃げっぷりにカレンとアビゲイルはしばし茫然とし、互いの顔を見合わせるなりぷっと吹き出した。

「見苦しいわね」

「まったくです。どうせ正規の手続きを踏まず、舞踏会の招待客にまぎれて城に忍び込んだんでしょう。アーネット家のご令嬢に不貞を働こうとしていたと近衛兵に伝えれば、家名に傷がつかなくとも、彼くらい傷だらけにできます」

第一派閥の名門貴族のご令嬢を襲おうとしたのだ。公になることを恐れた家の者が黙っているはずがない。あとは適当に始末してくれるだろう。カレンがさらりと告げると、アビゲイルがぽかんとした。

「ど、どうして助けてくれたの？」

「――助けてと、そうおっしゃったでしょう。私は助けを求める人の味方です」

よっと立ち上がると、アビゲイルが、はじめて見せるような屈託のない笑顔を浮かべた。

「おかしな人ね」

「よく言われます。もうそれは褒め言葉と思うことにしました」

苦笑を返して眉をひそめる。

ヴィクトリアが用意してくれたドレスがボロボロだった。男が無造作に短剣を振り回したせいで袖が切れ、スカートも鋭い薔薇の棘に引っかかってずたずたになっているのだ。転んだ拍子に土までついて、払っても落ちきれずにところどころくすんだ色になっている。

(ひどい有様)

パートナーも見つからず、ドレスもボロボロで、きれいに整えてもらった髪もひどく乱れていた。そのうえ痛む足でまともに歩けもしない。

(本当に、ひどい有様)

最後の最後でとんだ失態だ。

今までの努力が無駄だったとは思わない。思わないけれど、これでは。

「カレンさん、どうしたの?」

「――なんでもありません。アビゲイル様は先に舞踏会に向かってください」

「え、でも……」

「遅れると失格になるかもしれません。私もすぐに向かいますから」

カレンの精一杯の笑顔をどう思ったのか、アビゲイルは「わかったわ」とうなずいて、スカートを軽くつまむと城へと続く道を走っていった。

カレンはその場に座り込み、ぐったり肩を落とす。

「……ったあ……!!」

指先が触れただけで脳天に突き抜けるような痛みが走った。息を詰め、激痛をやりすごすと銃を戻し、東屋にしがみついてなんとか立ち上がった。

そろそろ舞踏会がはじまる頃だ。華やかな場に似つかわしくないおのれの姿に、カレンは苦々しく笑った。

「この足じゃ階段を上がって使用人部屋まで行くこともできないし」

無事に部屋に行けたとしても、盛装ともいうべきドレスを一人で着替えるのは不可能だ。すべてが絶望的だった。

(ああ、音楽が聞こえてくる。舞踏会がはじまったんだ)

遠く軽やかに奏でられるメロディーに、ふいに目頭が熱くなった。

カレンは慌てて上を向き、深く息を吸う。

このまま舞踏会が終わるまでじっとしていようか。ふと、そんな思いが胸をよぎった。どうせ誰も彼もが大公妃の開催した舞踏会と、第二王妃候補に夢中だ。一人欠けたところで気にする者はいないだろう。

気弱になった刹那、ヒューゴを思いだし、体が自然と前に出た。

足の痛みに悲鳴をあげながら、ゆっくりと少しずつ前に進む。

音のするほうに、光があふれる場所に、痛みにめまいを覚えながらも歩き続ける。

城の中に入ると、給仕たちがぎょっとしたように立ち止まってカレンを凝視した。しかしカレンは不躾な視線に気を払うゆとりなどなかった。

音楽が途切れ、新たな音楽が奏でられる。

(みんなは無事に踊り終えたかしら。アビゲイル様は間に合ったかしら。私は——)

壁に手をついて体を支えているにもかかわらず痛みに汗が噴き出し、視界さえ歪む。荒い息が自分のものであることに、会場に入る直前に気がついた。

音楽が途切れて拍手が聞こえた。顔を上げると、人々のあいだから、優雅に一礼するアビゲイルが見えた。

(ああ、間に合ったんだ)

よかった、と、素直に思った。思ったら泣けてきた。どうしてここに来てしまったんだろう。こんな無様な格好で、踊れもしない惨めな姿で。

なぜ。

茫然と立ち尽くしていると辺りがざわめいた。場内にいるのは給仕以外は皆貴族だ。きれいに着飾り、上品に笑う上流階級だ。彷徨っていた彼らの視線が間もなくカレンをとらえ、不快なものを見るように歪められた。

彼らが知る〝カレン・アンダーソン〟は数々の偉業をなしえた王妃付きの侍女で、ボロボロのドレスをまとった場違いな娘ではないのだろう。貴族たちのあいだから、驚愕に目を見開くグレースと、呆気にとられるヴィクトリアの姿が見えた。

「パートナーがいないようですが」

声をかけてきたのは、ひどい格好のカレンを見ても表情一つ変えない大公妃だった。

どう答えるべきか。カレンは口を開き、すぐにきゅっと引き結んだ。

（辞退すべきだ）

わかりきったことだ。

（この足で、ましてやパートナーなしで踊れるわけがない。だから辞退すべきだ）

だけど、あきらめたくない。

（あの人を、あきらめたくない。醜態をさらしても、このまま引き下がるのだけはいやだ）

一人でだって踊ってみせる。自分に言い聞かせるカレンに、大公妃は冷ややかな眼差しを向けてきた。これ以上みっともない姿を見せるなと、その眼差しが言っている。

カレンはきゅっと口を引き結ぶ。

踊らせてほしいと懇願しようとした、そのとき。

「パートナーならいるぞ。遅くなった」

よく響く声が全身を包み、カレンは大きく肩を震わせた。どよめきが一瞬で会場を埋め、皆の視線がカレンの背後へと流れていく。しっかりとした規則正しい足音が近づいてくる。ふわりと肩を包むぬくもりに、カレンは弾(はじ)かれたように顔を上げた。

「今、戻った」

ささやくように告げたのは、会いたいと願い、会えないと胸を痛めていた男——ヒューゴ・ラ・ローバーツだった。茫然とするカレンに微笑み、柔らかくカレンの肩を叩(たた)く。

どうして、どうやって。

混乱のまま口を開くが、言葉がうまく出てこない。そうこうするうちに音楽が流れ出し、ヒューゴがごく自然にカレンを抱き寄せてダンスに誘った。見守る貴族たちは一様に戸惑いの表情だったが、カレンの視界には誰一人入ってこなかった。

ただただ目の前にいる男を信じられない思いで見つめる。

彼はひどい有様だった。服は砂埃(すなぼこり)で汚れ、顔も同じように薄汚れている。髪は艶(つや)を失って、無精髭(ぶしょうひげ)こそなかったが、荒野を駆けてきたのだと言わんばかりの旅装束だった。

ヒューゴの姿を眺め、カレンが口を開く。

「ボロボロですね」

「ちょうどいい」

笑いながらヒューゴは自分の額をカレンの額にコツンとあてた。確かにちょうどいい。カレンも舞踏会にふさわしくない姿だったからバランスが取れていた。

聞きたいことはいろいろあった。けれど今は会えたことの喜びのほうが勝っていて、そのことだけで胸がいっぱいで、うまく言葉にできなかった。

痛めた足を、ヒューゴがうまく庇ってリードしてくれる。痛みが消えたわけではないけれど、そうして守ってくれているのだとわかると不安も緊張もきれいに溶けて消えてしまった。

曲が終わり、名残惜しい時間もまた終わってしまう。

柔らかく一礼したとき、支えを失ったカレンの足が悲鳴をあげた。

思わず息を詰めると、次の瞬間、体がふわりと宙に浮いた——そう思えるほど軽々と、ヒューゴがカレンを抱き上げた。

「俺のパートナーが怪我をしているようだ。悪いが諸々の説明は後日とする」

高らかと言い放って、もう用はすんだと言わんばかりに踵を返して会場をあとにした。聞こえてくるのは戸惑いのざわめきである。カレンはぎょっとした。

「だめです、勝手に退出しては！」

「怪我の治療のほうが先だ。どうしてそんな足で無茶をするんだ」

自分でも無茶だとわかっていた。だけど引けなかった。理由はたった一つ、目の前にいるこの男をあきらめたくなかったからだ。

「お、……踊れないと、失格になってしまうからです」

カレンがもごもごと答えると、ヒューゴはぴたりと足を止めた。視線が合う。険しい表情は一見怒っているように見えるが、怒っていないのが気配で伝わってくる。

「陛下？」

カレンの肩口に顔を埋めたかと思うと、ぱっと正面に向き直って大股で歩き出した。向かったのは王侯貴族専用の医務室だ。足でドアを乱暴に蹴り開け、驚く宮廷医長ダドリー・ダレルを一瞥する。

「陛下!?　なんで死んでないんですか！　遺体を回収しに行こうと思っていたのに！」

心底嘆く宮廷医長にヒューゴは息をついた。

「研究対象として俺をほしがっているのは知ってるが、本人に直接嘆くな。俺がいなくなると、お前の酔狂な実験に投資する物好きがいなくなるぞ」

「――無事のご帰還、心よりお慶び申し上げます。実験途中の、いえ、最新の茶があるのでどうぞ経口摂取を、いえ、試飲を」

（本音と建前を交互に言ってるわ、このロクデナシ！）

本人は誤魔化しているつもりなのが恐ろしい。ヒューゴは構わず「先に治療を」と、診察台の上にカレンを下ろした。

「捻挫が悪化してるじゃないか、カレン・アンダーソン！　足を切ろう！」

「切りません!!」

腫れた足を見るなり宮廷医長はぱあっと目を輝かせた。イラッとしたらしいヒューゴが「治療を」と再度要求すると、ちっと舌打ちしながら手当てをしてくれた。靴を脱ぐときは、涙が出るほど痛かった。宮廷医長は眉をひそめ、瓶から軟膏(なんこう)をたっぷり取り出した。塗られた薬はひんやりと心地よく、足の痛みも少しずつやわらいでいくようだった。

「鎮痛剤も入っている。しかし、痛みがなくなっても無理に動かさず、腫れが引くまでは安静にするように。……ここまで腫れた足で、よく靴が履いていられたな」

綿布と油紙を重ねた上から包帯を巻きながら宮廷医長は呆れ顔だ。

ただただ必死だったから、改めて自分の足を見て驚愕した。昨日よりさらにひどい。

「ダドリー、しばらく席をはずせ」

ヒューゴに言われ、治療を終えた宮廷医長は「おや」と眉を持ち上げた。カレンも急なヒューゴの言葉に少し狼狽える。

道具を片づけた宮廷医長は、おとなしくドアに向かい、立ち止まるなり振り返った。

「カレン・アンダーソン、ザガリガの生果は三十個だ。手配しておいてやろう」

ザガリガの実にはさまざまな効能がある。

乾燥させれば女性らしさを保ち特定の疾患に効く薬になり、定期的な生果の摂取は避妊になる。やや多い量をとり続ければやがて不妊になり、そして。

ぶわっとカレンの顔が熱くなる。

「い、いりません！」

「あれはなかなか手に入らない代物なんだ。定期的に必要なら……」

「いりません――!!」

カレンが絶叫すると、「いつでも来るといい」と意味深に笑って去っていった。

（あ、あの変態……!!）

うら若き乙女（おとめ）になんて提案をしているんだ、と、カレンは赤面しながらドアを睨む。そして、間近にいる男にハッとわれに返った。

「ザガリガの実はグレースが食べているもののはずだが」

なぜ必要なんだ、という顔をしている。どうやら今まで利用する機会はなかったらしい。ちょっとだけ胸を撫（な）で下ろしてしまった。

身じろいだカレンは、鈍い痛みに小さく声をあげた。

「無理に動かすな」

ヒューゴは慌ててカレンを支える。広くあたたかい胸とたくましい腕に包まれ、カレンは感極まって息を詰めた。すると、ヒューゴは眉をひそめて静かにカレンの肩を押し戻した。

触れるなと言わんばかりに。

好意を寄せてくれていたから、受け止めてもらえると思っていた。

パートナーすらいなかった舞踏会に現れ支えてくれたから、彼もまだカレンを想い続けているのだと勘違いしていた。

拒絶されたショックにカレンは狼狽え、次いで真っ青になる。

（医務室に二人きりでいたら誤解されて、陛下に迷惑をかけるんじゃ……）

舞踏会に突然現れてカレンを連れ出したことで、すでに悪い噂が立っている可能性がある。

親切に手を差し伸べてくれたヒューゴを、これ以上煩わせたくなかった。

「申し訳ありません、軽率でした。私はもう平気です」

「平気なはずがないだろう。足が腫れているんだぞ」

ヒューゴの声にはカレンを心配する響きがあったが、やはり以前のような気易さはなかった。

事実、彼はそっとカレンから離れて一定の距離を保っている。

「帰城したばかりの陛下にはやらなければならないことがあるはずです。行ってください」

カレンが言うと、ヒューゴは「わかった」とうなずいた。

勝手なもので、自分で追い払ったのに、離れていく背中を見て戻ってきてくれるのではないかと期待してしまった。

戻って、手紙で書かれていたように〝会いたかった〟と告げてくれるのではないかと。

今までどうしていたのか、なぜ返事がなかったのか、彼の口から聞けるのではないかと。

しかし、彼は立ち止まることなく部屋を出て、もう戻ることはなかった。

足が床に触れると痛みが脳天まで響いた。

薬が効いているはずなのに痛みがひどくなったが、医務室に居つづけるわけにいかないと、壁に両手をついて、足を庇いながら王妃の私室に向かった。階段は這って上った。ようやくの思いでたどり着くと、ボロボロのドレスをまとい、まともに歩くこともできないカレンに仰天し、近衛兵が駆け寄ってきた。

「どうされたんですか」

手を貸そうとするのを断って、カレンはゆっくりとドアに向かう。

「薔薇園で転んでしまって……グレース様は？」

「まだお戻りになっていません」

どうやら舞踏会に残っているらしい。当然だ。第二王妃選びのために開かれた舞踏会とはいえ、多くの貴族を招待し、楽隊を呼び、食事まで作らせているのだ。好き勝手されたうえに会場を去れば、それでなくとも微妙な立場のグレースが、ますます立場を悪くしてしまう。

今は、彼女がいないことが救いだった。

（こんな姿、とても見せられないわ）

何度も練習に付き合ってくれたのに、情けない姿をさらしてしまった。そのうえで、見た目以上にボロボロの心を知られたくなかった。

カレンはゆっくりと壁伝いに歩いてようやく使用人部屋へとたどり着く。汗が噴き出す。すぐにでもベッドに倒れ込みたいが、その前にドレスを脱がなければと手をかけた。

刹那、大粒の涙がこぼれ落ちた。

きれいなドレスを着て、華やかな舞踏会に行く。それは誰もが思い描くであろう平凡な夢だった。花章（かしょう）を受けたとき、カレンは夢のような世界に足を踏み入れた。分不相応だと、そのとき思った。

そして再び、分不相応だという現実を突きつけられた。

彼をあきらめたくないなんて、そもそもがおこがましい考えだった。

いまだ好意を寄せられていると勘違いして、会えたことに舞い上がって、ヒューゴを困らせてしまったに違いない。

カレンは震える手でドレスを脱いでいく。コルセットを取ったあと、髪についた薔薇の葉に気づき、滑稽（こっけい）な自分にまた涙がこぼれた。

ベルトごと銃をはずしてベッドに置くと、顔を上げたトン・ブーが不快だと言わんばかりに鼻で銃を床に落とし、寝衣に着替えたカレンをじっと見てからごろんと体を半回転させて、もう一度ベッドに寝そべった。

情けないカレンを見て同情したのか、どうやらベッドを半分譲ってくれるらしい。おとなしくトン・ブーの隣に横になって目をつぶる。

早く眠ろう。眠ってすべて忘れてしまおう。

耳をすませば舞踏会を楽しむ人々が愚かな娘を嗤っている声が聞こえそうで、カレンは両手で耳を塞いで小さくなった。


グレースは舞踏会が得意ではない。騒がしい空気も、人々の駆け引きも、不躾な視線も噂話も、なにもかもが嫌いだった。

だが、カレンが呼ばれていた。出ないわけにはいかないと、そう思った。

パートナーであるハサクを捜しに出たまま行方が知れなかったカレンを見つけたのは、舞踏会の会場だった。第二王妃を決めるためのダンスが一人ずつおこなわれ、ちょうど五人目が踊り終えたときに現れたのだ。

そのときのことを思いだすと、グレースの心臓はキリキリと痛くなる。

美しく整えられた大広間。贅を尽くし全身を飾り立てる女たちと、そんな女たちを物色する男の群れ。その中に、一目でトラブルがあったとわかる格好で現れたカレン。裂けたスカートは土で汚れ、愛らしく飾られたリボンもほどけ、レースはズタズタだった。きれいに結い上げた髪もひどく乱れ、露出した肌には小さな切り傷もあった。

カレンを見た女たちは眉をひそめ、男たちは興味深そうに目を細めていた。

助けなければ。

グレースはとっさにそう思った。今ここでカレンを助けられるのは〝僕〟しかいない。そう直感して足を踏み出した。

だが、グレースより早く動く男がいた。颯爽と会場に現れた男は、瞬く間にカレンの心を攫（さら）っていった。ようやく出会えた恋人たちのように、二人は互いを慈しみながら踊っていた。

カレンの捻挫が悪化していることにグレースが気づいたのは、ダンスが終わったあと、ヒューゴがカレンを抱き上げたときだった。

ひどい格好で舞踏会に現れた二人を批難する者ももちろんいたが、ヒューゴの大胆な行動に興奮する者たちもいた。むろん、グレースの顔色をうかがう者も多かった。

幸いだったのは、グレースのそばにヴィクトリアがずっといてくれたことだ。

王妃（グレース）と王（ヴィクトリア）の元許婚という奇異な組み合わせは、王（ヒューゴ）と王妃（カレン）付きの侍女が残していった親密な空気を幾分やわらげてくれた。それに、第二王妃候補の令嬢たちが積極的にダンスに参加して場をおおいに盛り上げてくれたため、思ったほど居心地の悪さはなかった。

ヒューゴとカレンは治療と称して出ていったきり戻ってこなかった。二人がどこに行ったのか、第二王妃の座に誰がつくのか、貴族たちは興味津々（きょうみしんしん）だった。だが、どちらも判然としないまま舞踏会はそれから四時間ほどでお開きになった。

不安を覚えながら王妃の私室に帰ったグレースは、カレンがずいぶん前に戻っていたことを近衛兵に聞き、慌てて使用人部屋へと向かった。

「……なんなの……」

ベッドの上には、すやすやと眠るトン・ブーと、毛布の塊があった。

「……カレンよね？」

顔は見えないが、毛布から見慣れた髪が覗いていた。いつものカレンなら、怪我の治療を終えたあと、メイド服に着替えて給仕のふりをして会場に戻っただろう。捻挫で動けなくとも、控え室でグレースを待ったはずだ。

脱ぎ捨てたドレスを床に残したままベッドにこもるなんて彼女らしくない。

「なにがあったの？」

なぜだろう。顔も見えず、起きているかも定かではないのに、カレンが打ちひしがれている気がしてならない。

彼女の心の傷を感じるだけで、グレースの胸も痛みに悲鳴をあげるようだった。

グレースはそっと布の塊に触れる。

「私はあなたの味方よ。忘れないで」

翌日。

不適切な格好で舞踏会に出席したことで、カレンの失格が言い渡された。

第七章　第二王妃が決まったらしいですよ！

1

カレン・アンダーソンが第二王妃候補から脱落した――そんな噂が王都を駆け巡った。舞踏会が終わったあと、三日間もカレンは寝込んだ。

よほどショックだったのだろうと、噂はますます真実味を帯び、人々の口にのぼる。

「捻挫のために安静にしていただけですわよ！　なんなんですの！　一度の失敗で騒ぎ立てて！　失礼ですわよ!!」

甲斐甲斐しく世話を焼いてくれたヴィクトリアが、相変わらずの悩殺メイドスタイルで憤慨している。

「なぜ一度も見舞いに来ないのかしら。カレンの捻挫の具合を、ヒューゴ様ならご存じでしょう。その程度の配慮もできないの？　酷薄にもほどがあるわ」

ふつふつと怒りを溜め込むのはグレースだ。カレンが寝込む隣で、トン・ブーは意外にもおとなしく眠っていた。そして、ときどきカレンの様子を確認しては「まだだめか」と言わんばかりに胴輪を眺めて溜息をつくのだ。

「陛下は忙しいんです」

カレンはそう言って、無理やり作った笑みをグレースたちに向けた。

（一介の侍女の見舞いに陛下が来るわけがないわ）

好意を持ってくれていたときならまだしも、今のカレンは使用人の一人にすぎない。一国の王であるヒューゴが気に留めるような相手ではない。そう自分に言い聞かせると、目の奥がじんっと痺れた。

（ああ、だめだ。泣きそう）

こんなふうに動揺していたら、仕事にも支障が出てしまう。

足も間もなく動かせるようになるだろう。ヴィクトリアは忙しい身だ。そろそろ仕事に復帰しないと、ヴィクトリアの負担がますます増してしまう。

グレースにだって迷惑をかけてしまう。

（それに、こんなにできない侍女だなんて、陛下に思われたくない）

好かれていないなら、せめて嫌われたくない。

（そうだ。忘れなきゃ、この想いは。なかったことにしなきゃ、なにもかも）

次にヒューゴに会ったとき、みっともなく狼狽えてしまわないように、取りすがって泣いてしまわないように、カレンは自分の心に蓋をする。

(大丈夫。もとに戻るだけよ)

はじめて会ったときのように、彼は一国の王で、カレンは田舎から出てきた侍女で。

(大丈夫。なにも変わらないわ)

変わらないと、自分を偽らなければ。

第二王妃候補の資格を失ったカレンは、彼の隣に立つことができない。もとよりマデリーンとの取引でわかっていた結末だ。

だから、立場をわきまえ、侍女らしく振る舞わなければならない。

いつも通り、なにごともなく。完璧な侍女を目指して。

(大丈夫)

自分に言い聞かせ、カレンは不格好な笑みを浮かべておのれを鼓舞した。

目の前に書類の山があった。

手首が痛くなるくらいサインを書いたのに一向に減らない山である。仕事が共有されることで分散されだいぶ楽になったはずなのに、こういう重要書類はやはりヒューゴが目を通さなければ進まないのが歯がゆくて仕方がない。

しかも今回はよけいな仕事も追加されている。

「姉上はなにをしでかしたんだ」

花嫁探しの決済書が全部国費とはどういう了見か。警備の強化はもちろんのこと、温室を使うと言えばガラスから観葉植物まで総入れ替えし、広間を使うと言えば壁紙から調度品までもをごっそりと新調する。そんな大がかりな修繕やら改修を、ほぼ毎日やっていたというのだ。

散財にもほどがある。先祖から延々と引き継がれてきた格式高い城が、今やすっかり様変わりしていた。

勝手にはじめた花嫁探しにも腹が立ったが、よけいな出費にも腹が立つ。抗議したら、「いいのか、私にそんな口を叩いて」と、実に楽しそうに微笑んできた。

なにか企んでいる。絶対に、ヒューゴに不利な情報をつかんでいる。

そんな顔だった。

けれど、溜まりに溜まった仕事のせいでマデリーンの悪巧みへの対処が後回しになってしまった。

そのうえ、カレンとのことも中途半端なままだった。

「陛下、レオネル様から追加書類です。キリキリ働いてください」

「まだ寄越すか!?」

「まだまだ来ますよ。二ヶ月近く不在だったんですから」

「これでも最短で戻ったんだぞ」

「存じ上げております。騎士団が真っ青になって入城したのは大変愉快でした」

第一近衛兵団副団長ローゼ・オリヴァーが、美しい顔に似合わず「はっ！」と辛辣に鼻で笑った。騎士団のくせに主に後れを取るとはなにごとか――と、冷ややかな笑顔と大げさにすくめられた肩が語っている。

基本的な身辺警護は近衛兵が、戦場での護衛は騎士団が担うが、職場が微妙にかぶるためか昔から反りが合わないのだ。

「どこの世界に護衛を振り切って帰ってくる王がいるんですか。しかも、舞踏会に直行とは」

「仕方ないだろう。馬番に花嫁探しがどうなったか尋ねたら、舞踏会がおこなわれている真っ最中だと返ってきたんだ。しかも、カレンの様子がおかしいと言われて」

帰城した直後のできごとだ。城に入る姿をちらりと見ただけだからと自信なさげな馬番の言葉に混乱して舞踏会に行ったら、明らかに様子のおかしいカレンがいた。

「パートナーのハサクがそばにいなかったから、俺が依頼した件で不在だと判断した」

「だからといって、あなたがパートナーになってどうするんですか。帰城したときご自分が毎度毎度どんな格好だかご存じないんですか」

「いつもよりはきれいだったぞ」

ヒューゴは反論を試みる。もともと格好に頓着しない彼は、戦場では旗頭としてそれなりに着飾るが、帰途は一兵卒のように軽装か、王族と思えない薄汚れた旅装束も珍しくなかった。

鎧を脱ぎ、返り血で変色した服を着たまま帰城することすらあった。

そうした格好を、今まではあまり気にしていなかった。

だが、鳥報係のアントニオ・ブルーがあまりにも呆れるので、今回は安っぽく見えない旅装束をまとい、無精髭だって剃った。もっともそれは帰城の二日前で、村に着くたび馬を買い換え夜通し走らせていたから、やはり王族らしからぬ格好ではあったのだが。

「カレン・アンダーソンも、なにかトラブルに巻き込まれたらしくドレスがズタズタだったとか。すみやかに着替えさせるべきでした」

女性らしい意見に、ヒューゴは率直に言葉を返した。

「時間がなかった。ダンスの順番だったんだ」

「……足を怪我していたと聞いています」

「だから、負担がかからないようにリードして……」

「その場合、棄権させるのが最善でした」

「拒否していたと思う」

「でしたら、舞踏会を中止させるべきでした。あなたにはその権限があったのに」

言われてみればその通りなのだが、あのときはカレンのパートナーを務めるのが〝最善〟だと思ったのだ。

「あんな華やかな場で、女性に恥をかかせて一体なにをお考えだったのか」

ローゼが深く溜息をつく。

「だ……だからか？　足の治療を終えたら、態度が一変して」

「失望したのでしょう、陛下に。こんなに配慮できない男だったのかと」

治療の途中で自分の格好に気づいたヒューゴは、少しだけ――ほんの少しだけ、彼女から離れた。いくら涼しくなってきたとはいえ、汗だくで馬を走らせ、二日も体を清めていなかった。恋しい娘に汗臭いと思われたくない。距離を取ったのは当然の心理だった。

以降、カレンの態度はひどくぎこちなくて。

「俺に失望したのか」

「絶望かもしれません」

「絶望⁉」

「舞踏会で助け船を出したのに、陛下のは見事な泥船でしたからね。陛下のせいで彼女は舞踏会で恥をかいたうえに失格を言い渡されたようですし」

「俺のせいか……」

言われると身に覚えがありすぎて言葉もない。

「まあ、私の個人的な意見なんですけどね」

しれっとローゼ・オリヴァーが続けたが、それはヒューゴの耳には届かなかった。

手元の書類を次々と確認していったローゼは、コホンと咳払いした。

「例の件、すべて始末がついたようです。まだ潜伏の恐れも捨てきれませんが、ひとまずこれで安全かと。陛下の〝私兵〟は、見た目はアレですが腕はいいですね」

「――そうか。終わったか」

ふうっと息をつく。終わった。これでもう〝安全〟だ。

「しかし、よく気づきましたね。帝国の諜報員が城内に潜伏している可能性を」

ローゼの言葉にヒューゴが視線を上げた。

はじめは偶然かと思った。

自軍が合流して指揮系統が整う前に敵が攻めてきたとき、敵将の采配に舌を巻いた。立て直して攻め込めば報告とはほど遠い手薄さで、拍子抜けしていたら隊の脇腹に食いつくように左右から攻め込まれた。おかしい、と、直感的に思った。情報が漏れている。だが、部隊長は長年ヒューゴに仕えてきた者ばかりで、参戦する辺境伯も旧知だ。裏切るとは思えない。ならばそれとは別ルートか――そう考えたとき、ぞっとした。

簡単な戦況は鳥報で城にも伝えられている。鳥報係のアントニオ・ブルーは愚直な男で、ヒューゴは幼い頃から彼をよく知っていた。

ならば、情報源はもっと先――戦線から離れた場所以外に存在しない。

その異変は、意外にもグレースの身辺をさぐらせていたハサクの報告から露見した。おかしな動きをする者がいる、どうやらラ・フォーラス王国の人間ではないようだ、と鳥報で報せてきたのだ。異国からやってきた男は、習慣の違いを違和感としてとらえ、それが複数あることにも気づいたのである。

敵は城内に諜報員とともに暗殺者をも忍び込ませていた。

標的は王姉であるマデリーン・ラ・ローバーツだった。ヒューゴがいない城で彼女を失えば、王都の機能が麻痺すると判断したのだろう。しかし、マデリーンは滅多に部屋から出ない。しかも部屋には執事のアダム・アボットをはじめとする侍女たち――マデリーンが選び抜いた精鋭たちが、全身全霊を懸けて彼女を守っていた。

マデリーンを暗殺したあと、混乱した城内でグレースとレオネルも殺害しようと考えていたらしく、彼らにも監視がついていたという空恐ろしい報告もあった。

それらをすべて内々に始末したのがハサクである。

戦況が悪いと錯覚させるため、兵を少しずつ移動させながら誤報を流し、城にいる諜報員と戦地にいる諜報員を同時に騙し、暗殺者を消していく。そうして確認できるすべての暗殺者を排除し、無事に諜報員を捕らえたという報告が入ったのだ。

「城にここまで入り込まれているのは正直、想定外だった」

帝国に諜報員を送って情報を集めてはいるが、敵のほうが情報戦に強いのが厄介だ。

「死の酒の件でも痛感しましたが、正式な紹介状ですら信用できないのはゆゆしき事態かと」

「警備の強化は必須か」

「――第二王妃候補たちが射撃場で訓練をしていたのを大公妃様がご覧になり、いい人材がそろっていると喜んでいたそうです」

　大公妃側もなんらかの情報をつかんでいたのかもしれない。

「勇ましいな」

　思わず肩が落ちた。

「花嫁探しは中止すると大公妃に交渉を……」

「無理です。やる気満々です。中止させたいならさっさと子作りしてください」

「誰と？」

「グレース様以外の誰といたす気ですか？」

　ローゼの目が据わった。

「い、いや、グレースと頑張っても、どうにかなるものでは」

　そもそもグレースは生物学的に男で、男同士で子がなせるわけもなく、根本的な問題解決にほど遠いわけで。

「陛下が及び腰だからこんな事態になったのでしょう。立派な世継ぎを育てるのも陛下の仕事の一つです」

「しかし、グレースとは……グレース自身も、子どもであるわけだし」

「だから第二王妃の話が出たんじゃないですか。ここは腹をくくってください」

「数年くらい待ってくれてもいいだろう」

そのあいだにカレンを口説けば第二王妃の座は自然と埋まる。グレースとの婚姻は継続し、古都も守れてすべて丸く収まる。

「じゃあ帝国の脅威をなんとかしてください。もし仮に世継ぎもなく陛下が倒れたら、この国はどうなるんですか」

「姉上の子が」

「その姉上様が花嫁探しを決めたんです。つまりわが子を国王にする気はないんです。おわかりですか」

最終的に、この事態を引き起こしたのはヒューゴなのだとローゼは暗に語っている。

堂々巡りだ。

「ここはマデリーン様の意向にそって第二王妃を娶り、然る後、陛下希望の第三王妃を迎え入れるのが定石です。第三王妃なんて前例がないので愛人という形になるかと思いますが」

すっとヒューゴは立ち上がった。ローゼが眉をひそめる。

「どちらに？」

「大公妃に抗議してくる」

「行っても無駄です。何度も申し上げたように、ここまで大々的におこなった花嫁探しが、今さら白紙に戻せるとお思いですか」

「俺は国王だぞ」

　これが切り札だと言わんばかりに宣言すると溜息が返ってきた。

「相手は大公妃様です。陛下が一番偉くとも、あの方の発言力を軽視すれば国政にかかわります。しかも今は、マデリーン様もあちら側です」

「では、姉上に」

「それはもう失敗したのでは？　マデリーン様のご気性は陛下もご存じでしょう。何度も押しかけると、それこそ後々引きずりますよ」

　わかっている。だから何度も押しかけることはしなかった。

「……第二王妃はいつ決まる？」

　問いに答える声はなかった。

　失格になったカレンは候補にすら入っていない。残った令嬢は五人――そのいずれかを妻として、王妃として、王室に迎え入れなければならない。

　辺境は情報戦でラ・フォーラス王国の勝利に終わった。軍備は再編され、新たな要塞が造られ、ひとまずは平穏が訪れるだろう。

　城の中も、ハサクの暗躍で危機を脱した。

　けれど状況は好転していない。

　ようやく会えた娘は今もなお遠く、ヒューゴを苦しめていた。

2

「カレン、もう大丈夫なの？」

舞踏会から五日目の朝、カレンは久しぶりにトン・ブーの胴輪を手にし、心配するグレースにうなずいた。

「ご不便をおかけしました。トン・ブーの散歩から戻ってきたらお茶にしましょう」

ずっと〝大丈夫〟と自分に言い聞かせていた。幸い、ヒューゴは王妃の私室には訪れていない。おかげで取り乱すこともなかった。

（……私のせいで来づらいなんて考えるのは、思い上がりよね）

以前は帰城したその足でグレースに会いに来たヒューゴが今回は一度もやってこない。その事実に安堵し、不安になり、そして切なくなる。

会いたいけれど会いたくない。矛盾している。冷静にならなければとわかっていても心が乱れてしまう。

（……第二王妃は、誰に決まったんだろう）

ずっと気になっていた。だけど怖くて訊けなかった。

（予定通りマデリーン様が推すアビゲイル様？）

順当だ。恋人と無事に別れることができれば第二王妃の座にもっとも近い。

（それとも、幼いけれど将来有望なヘンリエッタ様？）

いつも積極的だった令嬢は、きっと誰の目にも好意的に映るだろう。

（控えめだけど、第二王妃候補の中で一番変わられたサラ様？）

やる気がなく食べてばかりだった令嬢は、いつの間にかまっすぐに人とかかわりはじめた。

（おおらかなローリー様？）

成金貴族と言われる財力は、王家としても魅力的だろう。お金が好きと公言しているから、今よりもっと国を豊かにしてくれるかもしれない。

（人当たりのいいリーリャ様？）

庶民代表なので同じ庶民であるカレンを敵視していたが、それを除けば付き合いやすい性格だった。人を褒め、相手に合わせる勘のよさは、ヒューゴの助けになる。

誰もが第二王妃にふさわしい気がして、怖くて彼女たちの名前すら口にできない。

情けないと思う。

「カレン？」

「あ、すみません。行ってまいります」

「――私も行くわ」

珍しくグレースがくっついてきた。廊下に出ると、近衛兵がぎょっとした。

「お待ちください。護衛をつけます」

「必要ないわ。庭を少し歩くだけよ」

グレースは断ったが、近衛兵が警護をつけるためバタバタと廊下を走っていく。

(なんだろう。妙に慌ててる……?)

外に行くと聞いて心配しているのだろうか。それとも、花嫁探しの影響で人の出入りが激しくなっているため警護が強化されているのか。カレンは違和感を覚えながらもトン・ブーに引きずられるまま廊下を歩く。いつもなら命がけの階段も、今日はカレンの体をおもんぱかってか、グレースが同行しているためめか、先導するように上品に下りていった。

(さすがだわ、トン・ブー。できるブタね)

思いがけない配慮に苦笑してしまう。

外へと続くドアの手前で、ざわめきが聞こえて顔を上げた。

ちょうど、目的のドアの前に人が集まっていた。

ドキンと鼓動が跳ねた。

衝動が全身を襲ってきた。逃げたい。なにもかも投げ出して、ここから走り去りたい。そういった類の衝動だった。

ドアの前にいたのはヒューゴと第二王妃候補たちだった。彼らは親しげに言葉を交わし、笑みを浮かべていた。望んでももう彼らのところには戻れない——そう思ったら、喉の奥からなにかがせり上がってきた。

愕然と立ち尽くすカレンにトン・ブーは振り返り、グレースも眉をひそめた。

「妻である私のもとに来ないで女と談笑なんて、どういうつもりなのかしら」

グレースのつぶやきには苛立ちが含まれていた。

「別のところから行きましょう」

彼らはカレンたちに気づいていない。このままここから離れれば、これ以上、惨めな思いをしなくてすむ。震える声を絞り出すと、グレースの表情がますます険しくなった。

「なぜ？　トン・ブーの散歩は、いつもあそこから行くのでしょう？」

譲る気はないとグレースが訴えてくる。

「あ、足が、まだ、万全ではないので、別のところへ行きませんか」

みっともない言い訳だった。それでも、そう提案するのが精一杯だった。そばにいたら本当に取り乱してしまう。遠くで見ているだけで涙がこぼれそうなのに、これ以上は近づけない。

懸命に訴えてもグレースは引き返そうとしない。

「逃げる気なの？」

そうではない。逃げる以前に、もうカレンにはヒューゴのそばにいる資格がない。

だが、言葉にはできず、ぐっと唇を噛んだ。

グレースは息をつき、ヒューゴに向かって歩いていく。それを目で追ったカレンは、奥から近づいてくる人影に気づいた。中肉中背、どこにでもいる使用人である。洗濯をするらしく、カゴいっぱいにシーツを詰め込んでいる。

胸の奥が、奇妙にざわめく気がした。

(なに？　あの男の人、なにかおかしい……？)

思ったときには足が出ていた。昼近くに王城の廊下を、ましてや洗濯女の仕事を男がおこなっていることに違和感を覚えたのだと遅れて気づく。気づいたときには、カゴを投げ捨て、銃口をヒューゴに向ける男の姿が眼底に飛び込んできた。

「陛下！」

カレンは悲鳴をあげる。

はっと顔を上げたヒューゴの目が、不思議そうにカレンに向けられる。

(だめだ、間に合わない)

そう思ったカレンの目の前を、疾風のごとく駆ける白い物体があった。トン・ブーだ。いつもならヒューゴを攻撃する小人豚が、彼の脇を通り抜け、銃を構える男に突進した。

男が吹き飛ぶと同時に銃声が響く。令嬢たちが悲鳴をあげた。

(よかった、陛下は無事……)

銃弾があたった壁がパラパラと崩れるのを見て安堵したカレンは、倒れ込んだ男の銃口が再びヒューゴに向けられるのを見た。

男が再度引き金を引く。

カレンはとっさに足を踏み出してヒューゴを突き飛ばした。銃声に身をすくめた直後、足に焼けるような痛みを覚えてカレンは床に転がった。

舌打ちとともに男がまたしても照準をヒューゴに合わせた。カレンは上体を起こしたが、足首の激痛に立ち上がることができない。そんなカレンの代わりに動いたのはトン・ブーだ。巨体をものともせず軽やかに床を蹴り、不逞の輩にのしかかったのである。

カエルが潰れるように「ぐえっ」と声がした。

ヒューゴは素早く体勢を立て直し、トン・ブーに替わり、うめく男を床に押さえつけた。

「衛兵！　この男を縛り上げろ！」

ヒューゴが怒鳴る。どうやら怪我はないようだ。カレンはほっと息をつき、体を丸める。足が痛い。針を刺すような痛みが繰り返し襲ってきて声すら出ない。涙で視界が霞む。どうにか立ち上がろうと悪戦苦闘するカレンを、戻ってきたヒューゴが抱き上げた。

「も、申し訳ありません。大丈夫です。下ろしてください」

「黙っていろ」

「ですが」

「いいから、しゃべるな」

苛立つような声にカレンはぐっと唇を噛む。

またヒューゴの手を煩わせてしまった。カレンはこらえきれずにボロボロと泣きだしていた。

カレンの肩を抱くヒューゴの手にぐっと力がこもる。

「すまないが、あとは任せた」

衛兵に声をかけてヒューゴが歩き出す。

彼が向かったのは、舞踏会のときと同じ宮廷医長のダドリー・ダレルのもとだった。

「捻挫だぞ。十日は安静にすべきだろう。できないなら足を切るべきだ」

神妙な顔で宮廷医長が告げた。凶弾からヒューゴを守って再び足をひねったカレンに、完治させる気がないなら、いっそ切ってしまおう、と提案してきたのだ。

「治療をしろ。その口を縫うぞ」

静かに激昂するヒューゴを見て、宮廷医長は渋々とカレンの足首に治療をほどこした。

「また腫れるだろうから、痛み止めを処方しておく。いいか、泣くほど痛いなら無理に動かすなよ。そもそも捻挫を甘く見るからこういうことに……」

「説教はいい。他に怪我はないな？」

一通りカレンの体を確認し、無事であることを再度確かめてヒューゴは大きく息をつき、じろりと宮廷医長を睨んだ。

「出ていけ」

「……陛下、前回は言い損ねていましたが一応ここは私の職場で」

「いいから出ていけ」

強い口調で命じられ、宮廷医長は大仰に肩をすくめてから部屋を出ていった。

五日前はヒューゴに避けられ、傷心のまま寝込んだ。今度はなにを言われるのか、恐ろしくてガタガタと震える。第二王妃が決まったから、邪魔なカレンを故郷に帰そうとするかもしれない。マデリーンならそれくらい平気で命じるに違いない。

そうなれば、ヒューゴとは二度と会えなくなる。

彼は一国の王で、カレンは小さな村で育ったごく普通の娘で。

だから、これで。

「……カレン」

もう名前すら呼んでもらえなくなる。そう思うと、まともに返事すらできなかった。それでも、このまま別れるのだけはいやで、懸命に声を絞り出した。

「今まで、親切にしてくださってありがとうございました。どなたも第二王妃にふさわしい令嬢ばかりです。この国はよりいっそう豊かになり――」

「カレン」

「へ、陛下も、きっと、お幸せになって、お……お世継ぎも、きっと」

(ああだめだ。声が震える。顔が上げられない。どうしてちゃんとできないんだろう、私)

言葉を続けようと口を開いたとき。

「本気で言っているのか？」

ひやりとするような硬い声が頭上から降ってきて、カレンはぎゅっと肩を縮こめた。どう答えていいかわからない。わからないままきつく唇を噛むと、再び大粒の涙がこぼれ落ちた。

硬く大きな手がカレンの顎をつかみ、抵抗むなしく持ち上げられる。みっともなく涙をこぼす姿を見られたくなくて逃げようとしても、彼の力は強く、びくともしなかった。

「ひどい顔だ」

吐息のように、声が聞こえた。

「だ、だって、私は」

こんなに苦しい思いをして、心を裏切る言葉を吐いて、平静でいられるわけがない。言い訳もできないくらい情けない姿をさらすカレンを見て、ヒューゴがようやく口を開いた。

「自惚れても構わないか」

思いがけない言葉にカレンの思考が停止する。そっとヒューゴの唇が落ちてきて、カレンの額に押しあてられた。

「自惚れたいんだ、俺は」

ささやきとともに目元にもキスされた。視線が合う。なぜ彼がこんな顔をするのだろう。必死でなにかを求めるような、どこか切羽詰まったような複雑な顔を。

ヒューゴの言葉にどう答えていいのかわからず、カレンは幾度か瞬きを繰り返す。

「だから、受け入れてくれ」

祈るように落ちてきた唇が、カレンのそれにそっと触れる。

キスをされた。そう気づいてカレンは狼狽えた。

「だめです」

「では、拒んでくれ」

なにを言われているのか、なにを求められているのかもわからなくなる。顔がもう一度近づいてきて、柔らかく唇をついばまれた。

「へ、陛下、これ以上は――」

「カレン、頼む。拒んでくれ」

言葉とは裏腹にキスが降ってくる。甘く、優しく、深いキスが。

弱々しくヒューゴの胸を押し返していたカレンの手が、気づけば「もっと」とねだるようにヒューゴの首に回り、きつく抱きしめていた。何度も繰り返されるキスはますます深くなり、吐息が混じり、互いの境目さえわからなくなって溶けてしまう。

体の奥に灯がともる。

「――さすがにこのまま最後までというのはマズいな」

低く聞こえてきた声に、カレンはぼんやりと潤んだ目を上げる。

「陛下……？」

いつの間にか診察台に押し倒されていた。

カレンは離れようとするヒューゴを求めるように無意識に引き寄せた。

「あまり誘ってくれるな」

声に苦笑が混じっているのを聞き、カレンはようやくハッとわれに返る。

「す、すみません、私……!!」

キスの余韻にガタガタ震える。

（わ、私、なんてことを……!!）

キスが、あんなふうに理性が飛ぶくらい気持ちがいいものだとは思わなかった。意識したら心臓が暴れ出して、カレンは真っ赤になった。

一人身もだえするカレンを見おろしていたヒューゴが、ふっと笑って、赤く染まった耳たぶに口づけてきた。

「ひゃ……っ!!」

ますます赤くなる。

「確認させてくれ。俺はお前を第二王妃にしたい」

「で、ですが、さっき、第二王妃候補のご令嬢たちが……」

「彼女たちはあいさつに来ただけだ」

「……あいさつ……？」

ぽかんとするカレンを見て、ヒューゴが嬉しそうに目尻を下げた。

「嫉妬でもしてくれたのか」

「……っ……!!」

嫉妬ではない。けれど、勝手に勘違いして、傷ついて、パニックになったのは事実だ。絶句するカレンの額に、ヒューゴがちゅっとキスしてきた。

「お前は俺が好きか？」

率直に尋ねられ、カレンは目を伏せた。改めて訊かれると、大きく鼓動が跳ねてしまう。

「はい」

カレンが答えた瞬間、ヒューゴが倒れ込んできた。

「陛下!?」

「よかった……」

肺から空気を出し尽くすような深い溜息が聞こえてきた。そして、かすかな笑い声も。

「どうやら俺はなにか勘違いしていたらしい。お前に嫌われたとばかり思って、ここしばらくは生きた心地がしなかった」

まさかそんな告白をされるとは思わず、カレンは慌てる。

「私のほうこそ、……飽きられたのかと」

もごもごと不安を口にすると、今度は唇に軽くキスされた。

「バカを言うな。惚れ直した」

見惚れるほどに晴れやかな笑みを浮かべ、音をたててキスの雨が降ってきた。

（うあああ、へ、陛下が！　陛下が甘い……‼）

嬉しくて仕方ないと、彼の行動が心情を伝えてくる。ときおり不意打ちで唇にも触れてくるものだから、慣れないカレンはすっかり翻弄されてしまう。思わず身じろぎ、ヒューゴの胸に顔をくっつけた。

「く……臭くないか？」

思いがけない言葉にカレンはきょとんとする。

「私、陛下のにおいは好きです」

「そうか」

ほっとしたような照れ笑いが返ってきた。かわいい。そう思える表情と仕草に、胸の奥がきゅうっとなる。

互いに笑みを交わしてキスをして、また笑みを交わす。幸せすぎて現実感がどんどん遠退いていく。

満ち足りた溜息をカレンがつくと、ヒューゴが離れていった。

「姉上のところに行ってくる。やはりお前以外が第二王妃になるのは耐えられない」

「私も連れていってください」

「……いいのか？」

強烈な個性を持つマデリーンとの話し合いが難航することを警戒しての問いだとすぐにわかった。カレンはうなずき、上目遣いにこっそりと答える。

「一つ、手札があります。一人で使うのは怖いのですが、陛下が一緒なら心強いです」

「……お前、また……」

なにをやらかす気だ、という顔をされてしまった。

「へ、変な手札じゃないです！　ただ、使い方を間違えると、私が消されちゃうんじゃないかなーと、いう、類の、手札で」

「それは手札じゃなくて弱みだろう」

「いえ、私の弱みではないんですが……でも持ってること自体は弱みみたいな」

どう答えていいかわからず支離滅裂なことを言っていたら、魅惑的な苦笑が降ってきた。

「お前の行動力は、感心を通り越して絶望すら抱かせるな。どうやったら命の危機に直面するような手札が手に入るんだ。本当に油断も隙もない」

窘めるようにヒューゴの額がカレンの額にぶつかってきた。ひゃっと肩をすくめると、ぶつけたところにヒューゴがキスをしてきた。やっぱり甘い。

ヒューゴは起き上がると、カレンを優しく抱き上げた。

「あ、歩けます。大丈夫です」

「だめだ。悪化する」

ヒューゴは取り合わずに廊下へ出て、まっすぐマデリーンの部屋に向かった。


移動のあいだは羞恥(しゅうち)心との戦いだった。

ヒューゴはすっかり開き直って堂々としていたが、お姫様抱っこに慣れていないカレンは、人々の視線に耳まで赤くしてヒューゴにしがみついた。

(絶対バレてる！　私だってバレてる……!!)

ヒューゴが手ずから運ぶ侍女なんて限られている。注目の的だ。マデリーンの部屋に着くまでに、カレンは寿命が十年は縮んだ気がした。

「これはこれは珍しい組み合わせだな。陛下が戻ってきて引き継ぎもすんだし、私もそろそろ領地に帰ろうと思っていたところだ。用件なら手短に願おう」

「叔父上(おじうえ)！　遊んでください！」

マデリーンの脇をすり抜け、次男のライアンがやってきた。

「こら、だめだったら！　邪魔になるよ！　すみません、叔父上」

荷造りの最中だったのだろう。長男のフランシスが服をかかえながら走ってきて、カレンを横抱きにするヒューゴに驚きつつも一礼した。

「ほらライアン、早く片づけないと。屋敷でゴルドが待ってるよ」

「ゴルド！」

誰だろうと首をひねるカレンを見て「犬です」と、律儀にもフランシスが答えてくれた。慌ただしく息子たちが隣室へ移動すると、ヒューゴがカレンを慎重にソファーに下ろしてくれた。まるで壊れ物を扱うような仕草だ。視線が合うと、とろける笑みまで向けてくる。

（うあああ、なにこれ、心臓に悪いわ！　なにこれ、し、し、幸せすぎて息が……!!）

叫んで駆け出したくなってしまう。

「――外でなにか騒動があったが、その件か？　王城は騒がしくて敵わないな」

ヒューゴがカレンの隣に腰かけると、マデリーンも意味深な視線を向けつつ対面に腰かけた。室内には執事のアダム・アボットをはじめとする侍女が三人、静かに待機している。

「マデリーン様、人払いを」

カレンの訴えに侍女たちが眉をひそめた。マデリーンは宙を見据えて「ふむ」と声を出し、侍女たちを見た。すると、彼女たちは静かに隣室へと消えていった。

「アダムに隠し事は無用だ。それで、用件は？」

「花嫁探しを取り消してもらいたい」

カレンの代わりにヒューゴが告げる。マデリーンは鼻で笑った。

「取り仕切っているのは大公妃殿だ。私に言ってどうする」

「企画したのは姉上で、大公妃は依頼されて動いているにすぎない。そもそも俺は今回の企画に賛同した覚えはない。どうせ誰を第二王妃に据えるかあらかじめ計画して発案したのだろう。主催者の手が加わった公平性を欠く企画なんて承服できるか」

「ぜひとも第二王妃にと思う令嬢はいたが、条件は、むしろ厳しくしたくらいだが」

（こ、この人、言うに事欠いて……!!）

アビゲイルを助けろとカレンに不正を命じたのに、しれっと嘘をついている。カレンが無言で睨むと、マデリーンがにやりと笑った。グレースの秘密を握る彼女は、いまだ圧倒的優位に立っている。そう信じて疑わないのだ。

カレンは深く息を吸い込んで、まっすぐマデリーンを見た。

「交渉を要求します」

「どちらを交渉のテーブルにのせる気だ？　お前の主のことか、それとも花嫁探しのことか」

「どちらも」

「なるほど。それなりの手札を用意したらしいな。言ってみろ」

微塵も動揺せず、マデリーンは命じる。

「ザガリガの生果を調べました。三粒から五粒をとり続けることで避妊効果があり、十粒の定期摂取で不妊になる。マデリーン様の夫で今は亡きワンドレイド公爵は、若い頃からこれを摂取していたと思われます」

「まさか」

声をあげたのはヒューゴだった。カレンはヒューゴを見た。

「公爵様と愛人のあいだには子どもが一人もいないんです。何十人も恋人がいたのに」

「いや、子どもはいたはずだ。姉上が慰謝料を払った」

「一人もいないんです」

重ねて言うカレンに、ヒューゴは怪訝な顔をしてから息を呑んだ。

「ザガリガの生果で不妊だったとでも言うのか？」

「マデリーン様は、公爵に手料理を振る舞っていたと伺っています。いつからですか」

カレンはヒューゴから視線をはずしてマデリーンを見た。彼女は表情一つ動かさず、「いつだったかな」と、つぶやいた。

「だいたい、そこにザガリガの生果が使われていたと誰が証明する？」

「特別な果実です。陛下の名前をお借りして調べれば、定期的に購入した人物はすぐにわかるでしょう。厨房を使って調理されていたら目撃者もいるはずです。頻繁に作っていたなら、誰にも気づかれずに調理することは不可能ですから」

「……それで、夫になる男にザガリガの生果を食わせ続けたと？　なんのために？」

すうっとマデリーンが目を細めた。ぞっと背筋が冷えるような眼差しだった。踏み込んではならない場所。これは、マデリーンがかかえる闇だ。

カレンは息を吸って口を開く。

「面倒事を避けるためです」

「待て、カレン。姉上には息子がいる。公爵が不妊であるはずが……」

止めたヒューゴが口ごもり、低くうめいた。カレンを見つめていた彼は、ゆっくりマデリーンへと視線を移す。

「そういうことか、姉上」

問う声に、マデリーンがくつくつと笑う。やがて肩が大きく震えだし、彼女はとうとう声をあげて笑いだした。

(マデリーン様は、愛人が産んだのが公爵の子どもじゃないって気づいてた。いえ、それどころか――)

公爵が不審を抱かないよう愛人の一人と結託し、公爵以外の男とのあいだに子どもを産ませたのだろう。

一等地に大きな店を持てるほどの慰謝料が、その報酬だったのだ。

そんなカレンの憶測を裏づけるようにマデリーンが嘲笑を浮かべたまま口を開いた。

「当たり前だろう、あんなクズの子を誰が産みたいと思う？　あのクズの分身をこの世に残すことすらおぞましい！　笑えるだろう。私が届ける料理を、あの男は〝愛の証(あかし)〟と勘違いして食べたんだ。実に愉快な光景だった。愛人が身ごもらないのを〝ちょうどいい〟程度にしか考えない愚かな男だ。アレが公爵の地位を与えられているのだから、世襲制とは罪なことだ」

「姉上、王家と第一派閥との繋がりは、公爵との婚礼をもってより強固になったはずだ。こんなことが露見すれば……」

「そうとも。王家の威信は失墜する。だからそれは、交渉には使えない」

にやりとマデリーンが笑った。ヒューゴの不利益になることをカレンはしないと確信しているのだ。すべてが計算づくで、自白すらも利用して、マデリーンはカレンと対峙している。

(ああ、いやな人!)

カレンはぐっと奥歯に力を入れる。

これが最後、正真正銘の奥の手だ。

「では、もう一つ。父親の話をいたしましょう」

静かに言い放つカレンに、マデリーンの眉がかすかにひそめられた。

「——父親だと？　誰の？」

声は平坦だが、口元がわずかに強ばっていた。

(守りたいのね、その人を。その人と築いた日々を。息子たちを)

それが彼女の真実だ。

カレンは挑むように口を開く。

「王子二人の父親です。気づかれないと思ったんですか。周りは女性ばかり、親しい異性もなく、舞踏会でも目立ったことはせず、派手な遊びもない。通ってくるのは高齢の男性ばかり、〝愛した夫〟が亡くなったあとは喪に服し、黒ばかりを着用する王姉殿下の、もっとも愛する人のことを」

カレンは視線を移す。マデリーンから、マデリーンに寄り添うように立つ男に。

「アダム・アボットさん。あなたが王子の父親ですね」

「どこに根拠が」

「では、否定されますか。あなたが愛した人を、その名の下に」

答えないマデリーンにカレンはさらにたたみかけた。

「たとえ真実でなくともこれを公表すれば、今まで守ってきた生活は跡形もなく崩れ去るでしょう。真実か偽りかは問題ではないんです。そこに疑惑があればいい」

疑惑ほど人々の好奇心を刺激するものはない。疑惑が人々の口にのぼれば新聞屋が面白おかしく書き立てるだろう。それはやがて国中に広がり、悪意に満ちた誹謗中傷はマデリーンが守ろうとするものに容赦なく襲いかかって取り返しのつかない打撃を与える。

だから。

「私は疑惑を利用します。今、私には――〝カレン・アンダーソン〟には、その力がある」

王都で絶対の支持を得る〝平民の娘〟は、王姉の喉元に見えない刃を突きつけて微笑んでみせた。

王都に来たばかりの頃なら、誰もカレンの話に耳を傾けなかったに違いない。

このカードは、今のカレンにしか使えないものだ。今まで積み重ねてきたあらゆる経験と結果が、カレンの背中を力強く押してくれる。

ぐっと押し黙ったマデリーンは、息をついてからソファーに深く座り直した。

「わかった。私の負けだ。ヒューゴ、この娘はとんでもない命知らずだぞ」

思わずといった様子でヒューゴの名を呼び、マデリーンは目を閉じる。

「王家の威信の話をしているのに、さらに傷をえぐってくるなんて邪道もいいところだ。これだからものを知らん小娘は」

「それより、父親がアダムというのは……」

驚愕するヒューゴに、マデリーンは薄く笑みを向けるだけだった。控えるアダムにいたっては、顔色一つ変えない。

ひとまずこれで交渉は成立――そうカレンが安堵したとき。

「〝秘密〟については公言しないと約束するが、花嫁探しは取り消せない」

マデリーンが予想外の言葉を吐いた。

「この件は、大公妃殿の他に六人の認定者がいる。誰がもっとも第二王妃にふさわしいか、その七人をもってして選び取る。これが花嫁探しの狙いだ」

「七人……!?」

侍女や給仕がそばにいることはあってもその顔ぶれは変わっていて、特定の人間がそばにいた記憶はない。にもかかわらず、マデリーンは七人と言い切った。

「そ、その人たちを、説得すれば……」

「すでに第二王妃は決まっている」

マデリーンは断言し、カレンは青くなる。ヒューゴがカレンの肩をそっと抱き寄せ、マデリーンを真正面から睨んだ。

「俺は受け入れるつもりはない」

「――令嬢たちと会っただろう？　廊下で襲われたと聞いたが」

唐突なマデリーンの言葉にヒューゴが眉をひそめ、カレンは驚愕した。医務室でイチャイチャしているあいだにマデリーンのもとに報告が入っていたのだ。入った上で、知らないふりをしていたのだ。

（ほ、本当にこの人は！）

素直に手札を見せたら呑み込まれてしまう。

「始末し損ねた帝国の刺客だ。所持品の検査は急務だろう。各所に衛兵を配し、引き続き警備を強化する予定だが……その様子では、もう報告が入っているんじゃないのか」

察したヒューゴが問うと、マデリーンは薄く笑った。

「令嬢たちはなにか言ってなかったか」

「話す前に襲われたんだ。あいさつがどうとか言っていたが」

「なんだ、ではまだ聞いてないのか」

ふむっとマデリーンは思案顔だ。

(刺客ってなに⁉　六人の認定者って誰のこと⁉)

状況が把握できず、カレンはパニックになった。ひとまずカレンは、残り六人を探し出して説得しなければならないらしい。しかし、まったく目星がつかない。

(マデリーン様に訊いても素直に答えてくれないだろうし……六人って！　六人って誰⁉)

どんなに考えても思い当たらない。

「残念なことに、令嬢たちは全員棄権した」

さらりと告げられ、一瞬、なにを言われたのか理解できなかった。

「き、きけんって」

「辞退したんだ、第二王妃候補から」

カレンは茫然と「どうして」と尋ねた。第二王妃に興味がなさそうなサラやローリーならわかるが、それ以外の令嬢たちまで辞退するのは考えづらい。

「第二王妃を選ぶ要点は大きく二つ、王妃としての資質と、人となりだ。資質に関しては大公妃殿下に一任し、人となりの判断は残りの六人に任せた。カレン、今回の花嫁探しの基準は奇妙だと思わなかったか」

「……答えのない問いには違和感がありました。期間も長すぎたし」

「それらは令嬢たちの〝交流〟を目的にしていた。王妃は王の隣で微笑み、子を産めばいいというものではない。社交界を把握し、王が留守のあいだ城を守らねばならないのだ」

「敵対する相手を味方にできるかどうかを見ていた、と？」

射撃場の一件は、つまり大公妃に筒抜けだったというわけだ。おのおのが親しくなったために頃合いだと判断されたのだろう。

「それから、どれだけ目端が利くかも確認していた。ザガリガの生果はそのための道具だ」

「……え……？」

「全員の前で食べてみせた。知らない者は気づかぬまま見落とし、知っている者は愛人がいるのだろうと納得し、それ以上は追及しなかった。真実までたどり着いたのはお前だけだ、カレン・アンダーソン」

自分の身どころか、愛する人の身すら危うくなる道具をあえて利用するなど、正気とは思えない。カレンが眉をひそめているとマデリーンは言葉を続けた。

「ただし、切り札としての使い方は間違っていた」

「では、いつ使えばよかったと？」

「舞踏会のとき、私を脅せばよかったのだよ。足を挫き、踊れなくなった時点で」

舞踏会を力尽くで中止させれば失格にはならなかった。マデリーンはそれを待っていたのだ。

だが、カレンはマデリーンのもとには行かず、舞踏会へ向かった。

土壇場での判断ミスは、どうやら大きな失点として認識されてしまったようだ。

マデリーンは、ふと口元をゆるめた。

「アビゲイル嬢が言っていた。恋人と揉めていたところを目撃したのに、カレンは最後まで公言しなかったと。王妃として生きていくにはまっすぐすぎる。だが、そんなところに惹かれると。ああいう人こそ国母になるべきだと。だから辞退すると」

無言のカレンを見て、マデリーンはさらに言葉を続けた。

「第二派閥のヘンリエッタ・ロシャス・トゥルーサーは、今回はお前に譲ると言っていた。おのれを磨いて第三王妃を狙うそうだ。たくましいご令嬢だ。第三派閥のサラ・コリンズは、やりたいことができたから辞退すると言っていたな。第四派閥のローリー・キングスレイは、結婚を約束した男がいるが、親に反対されているから金品を持ち出し駆け落ちするそうだ」

「ローリー様が……え、駆け落ち!?」

「今回花嫁探しに参加したのも、生活の足しにする装飾品をふんだくるためだそうで、もともとこれっぽっちも第二王妃に魅力を感じていなかったとか。ちまちま恋人に装飾品を渡していたらしいから、もう城から逃げ出した頃だろう」

「お……お金、大事ですよね……」

毎回毎回派手に着飾っていたすべてが、やがて生活費に化けるらしい。リュクタルの皇子も同じような目的で宝飾品を盗んでいたし、安全で効率的にお金を得る方法なのだろう。

「庶民代表のリーリャ・リッチーは、あんな相思相愛なダンスを見せられて割り込むほど恥知らずではないと、顔を真っ赤にして怒っていた」

「も、申し訳ありませ……」

「だから、刺繍に縫い針を仕込んで怪我をさせたことは水に流せと言っていた。厨房の人間と仲のいいお前を犯人に仕立てて蹴落とすつもりで下働きを買収して茶葉に細工をしたのに、それも結局失敗に終わったから一緒に水に流せと」

（あれってリーリャさんの仕業だったの⁉　なんて強かな……‼）

どんな状況でも抜け目なく立ち回りそうなたくましさに、怒るより感心してしまった。

「この五人の〝認定者〟は、カレンを第二王妃に選んだ。すでに資格がないと伝えたら、五人ともが第二王妃候補から辞退し、そのうえでカレンを第二王妃に推した。残り一人の認定者であるカレン・アンダーソンは、他にふさわしい令嬢がいると思うか」

「……認定者……？」

「そう。今回は、参加者それぞれが認定者だった。誰が一番王妃にふさわしいか、自らの心で、自らを判断する。そういう試みだったんだ」

カレンは呆気にとられる。

「で、でも、マデリーン様は、アビゲイル様を、第二王妃にと」

「手助けをしろと言ったが、アビゲイル嬢を第二王妃にするとは言ってない」

（な、なにこの会話。どういうこと？　なにを言ってるの？）

混乱して考えがまとまらない。黙って話を聞いていたヒューゴが口を挟んできた。

「つまりこれは、大いなる茶番か」

ヒューゴの乱暴な物言いに、にやりとマデリーンが口を歪める。

「いくら花章を受けても、いくら民からの支持が厚くとも、所詮は田舎の小娘だ。後見人を得て第二王妃になったとしても、必ず貴族が反発するだろう。だから、それぞれの派閥が推す令嬢たちと競わせ、この娘こそが第二王妃にふさわしいと内外に知らしめた」

「で、では、なぜ、グレース様の秘密を盾に、私を脅したんですか」

カレンの問いにヒューゴは驚いてマデリーンを見た。

「はじめはお前の人となりを見るつもりで監視をつけた。が、お前と一緒に町に出たグレース様はどう見ても少年で、そのうえ、ザガリガの実を求めていた。さて、そこからいくつか推察できる事柄が出てくる。しかし、確証がない。ゆえにお前を試してみたのだよ、カレン」

（あ、あんなにはっきり断言しておきながら、憶測で話してたの⁉　なんて人！）

「お前はどうにも及び腰だから、無理やり表舞台に引きずり出したくなった。アビゲイル嬢を助けろと言ったのはお前を焚きつけるためだ。もともと私はお前に一番興味があったんだ」

にっこりと微笑まれてぞわっとした。

（いやあああ、怖い！　この人、本当に怖い!!　私を第二王妃にするために全部仕込んだっていうの!?　アビゲイル様まで利用したっていうの!?）

「予想以上の成果だった。陛下もなかなか面白い娘を見つけてくる」

マデリーンに褒められて、ヒューゴは心底いやそうな顔をした。

「なぜ喜ばない？　陛下が恋い焦がれる娘が第二王妃になることを決心したのに」

「姉上のお膳立てはいらない」

「しかし、いつまでも手をこまねいて、まかり間違って結婚できないのでは私が困る。大事なわが子を次期国王にするなんて、死んでもごめんだからな」

「国の奴隷ですか」

カレンの言葉にマデリーンが目を細める。

「なんだ、わかってるじゃないか。私は息子たちに豊かに暮らしてほしいんだ。正直、爵位など中の上程度がちょうどよい」

吐露する言葉から察するに、息子に語ったのはマデリーンの本心だったらしい。愛するわが子を国に差し出すくらいなら弟のために一肌脱いでやろう、ということなのだ。

「貴族連中もしばらく静かになるだろうし、古くさかった城もだいぶマシになった。大公妃殿は城ごと建て直す気でいたらしいが、さすがにそれは私が止めた」

どうやら王姉も大公妃も、極端から極端に振り切るタイプのようだ。カレンはめまいを覚えて目を閉じた。そんなカレンの頭に、ヒューゴが頬をくっつけてきた。

「すまない、巻き込んだようだ」

「いえ。……陛下を、誰にも渡したくないと思ったのは、本心ですから」

カレンが素直に答えると、ヒューゴがぐりぐりくっついてきた。

「カレン」

マデリーンに呼びかけられて視線を上げる。どうしても警戒心が顔に出てしまう。そして彼女も、そんなカレンに気づいたのか人の悪い笑みを浮かべた。

「成婚までのあいだ、ザガリガの生果が必要になりそうなら分けてやるぞ」

「い、いりません――!!」

叫んだら、よけいにヒューゴの体温を感じて赤くなった。

そしてそれから数日後。

競っていた令嬢たちの心すら打ち解かしたと新聞が褒めたたえる中、太陽王ヒューゴ・ラ・ローバーツは正式にカレン・アンダーソンを婚約者として発表した。

終章　恋人たちの時間がはじまりました！

黒薔薇の庭園にある東屋は特殊な場所だ。

城壁の内側にある王の庭の一部にもかかわらずお茶会を開くためには王姉の許可が必要になり、それは滅多に下りないため秘密の花園などと呼ばれている。

けれど最近、そこでたびたびお茶会が開かれるようになった。

「町では陛下の婚約を祝って連日お祭り騒ぎですわ。婚約が早すぎるという声もありますけれど、カレンの人気は絶大ですから。それに、グレース様も歓迎しているという噂で、おおむね好意的のようですわ」

嬉しげに声を弾ませるのはヴィクトリアだ。本日も悩殺メイド姿で給仕にいそしんでいる。

「別に私は歓迎してないわ」

すっぱりと否定するのはグレースだ。「他に適任がいないのがいけないのよ」と、言葉の棘を隠さない。

「三番目はわたくしですので！」

鼻息が荒いのはヘンリエッタだ。

「と、言いつつ、ドレスを頑張りすぎよ。いつもよりレースもリボンも二割増しじゃない。素直にカレン様に褒めてもらいたくて着飾ったとおっしゃい」

呆(あき)れ口調はアビゲイルである。

「ち、違いますわよ⁉」

「あらそう。わたくしは頑張りました。このドレス、カレン様の好みだそうよ。羨(うらや)ましい？」

「う、う、羨ましくなんてないですわ！　今日はちょっとわたくしも気に入ってなくて……なんなんですの！　あなた、恋人とはどうなりましたのよ⁉」

「知りません、あんな下種(げす)。カレン様の勇ましさに霞(かす)んだわ。わたくしを助けてくださったときのお姿……ああ、あんなトキメキ、生まれてはじめて！」

第一派閥のご令嬢が、なんだかおかしな方向に足を踏み外している気がしてならない。

花嫁探しのあと、たびたびカレンに会いに来た元第二王妃候補たちをヴィクトリアの提案でグレースがお茶会に誘うようになった。ランスロー伯爵夫人は理想的なメンバーだとたいそう喜び、すでに何度もこうしてお茶会が開かれている。

「お前は一体全体なにをやってるんだ」

ぼそりと責めるヒューゴの声が痛い。

黒薔薇に囲まれた東屋から死角になる場所に、カレンとヒューゴはいた。給仕をしていたカレンを、やってきたヒューゴが無理やり木陰に引きずり込んで膝枕(ひざまくら)をさせているのだ。婚約に際してさまざまな手続きがあるとかで、ここしばらくまともに会えていなかったから、どうやら甘えたいらしかった。

（か、かわいいなあ。陛下が拗ねてる）

そっと髪に触れると心地よさそうに目を閉じる。そんな何気ない姿にどぎまぎする。

「カレンがヒューゴ様と結ばれたら、バラアンもびっくりな展開ですわよね」

ヴィクトリアの言葉に、カレンが思わずヒューゴを見た。

「ヴィクトリア様、ジョン・スミスを読んでいらっしゃるんですか？」

「あら、もしかしてヘンリエッタ様も愛読されていらっしゃるの？　グレース様も読んでいらっしゃるのよ。もちろんカレンも」

きゃっきゃと声を弾ませるヴィクトリアとヘンリエッタに、アビゲイルが咳払いする。

「いやだわ。皆様はあんな俗物的な三流小説をごらんだなんて……」

「そうおっしゃるアビゲイル様も、略式名でおわかりになるなんて通ですわね！」

ヴィクトリアの指摘にアビゲイルは頬を赤らめた。

ヒューゴになにかあったら、カレンはもちろんのこと、多くの乙女たちが心待ちにしているバラアンの続編が出なくなっていただろう。世の乙女たちにとっても、彼の帰還はこのうえなく幸せなことだだと痛感する。

カレンは感謝とともに熱心にヒューゴの髪を撫でる。

「そういえば、リーリャさんが生花店の後継者になったそうね。新聞に載ってたわ」

「結婚して夫を後継者にするんじゃなく、本人が直接？　たくましいですわね……」

「たくましいと言えば、キングスレイ家はいまだ宝飾品を持ち逃げしたローリー様を見つけられないとか。そろそろ恋人と国境を越えている頃ね」

　ローリーが身につけていた宝飾品はひと財産だ。今ごろのんびり逃避行を楽しんでいるに違いない。

　アビゲイルとヘンリエッタの会話を聞きながら、カレンは思わず苦笑する。

「宝飾品か。俺にはお前からもらったもののほうがずっと価値があるな」

　ぽつんと聞こえてきたヒューゴの声にカレンは赤くなった。最終選考のときにちまちま刺繍を刺したハンカチをこっそり渡したら、いたく気に入って、ずっと持ち歩いているらしい。

「ところで、ヴィクトリア様は給仕をしていて大丈夫なんですか」

　アビゲイルがかしこまった口調で訊くと、ヴィクトリアは「ええ」と返した。

「第二王妃候補だったサラ様がいらっしゃったでしょう。サラ・コリンズ様。あの方が外交官になりたいとおっしゃって、分業しているんですの。おかげで時間にゆとりができて、正式にグレース様の侍女に立候補しようかと思っているところで」

「ヴィクトリア様が!?」

　アビゲイルが仰天しているが、カレンも仰天した。ちなみにカレンの膝枕でゴロゴロしているヒューゴもぎょっとしていた。

天下のレッティア家の令嬢が侍女とは。

「高貴な方の侍女は高貴な者が務めるのが慣わし。わたくしなら不足はないでしょう」

「し、しかし、お仕着せの侍女は……せめて、ドレスを着てください」

公爵令嬢を下級侍女として扱うなんてとんでもない、と、アビゲイルが懇願する。本人が気に入っていても、この点に関してはカレンも激しく同意だ。

「本当にいいの？　侍女なんて」

「もちろんですわ、グレース様。だってわたくし、グレース様とヒューゴ様を近くで見守りたいのですもの。ゆくゆくはカレンも！」

（うわあああ、私までカウントされた……!!）

「お前はつくづく好かれるな」

青くなるカレンに気づかず、ヒューゴは間違った解釈で感心する。

「王妃教育には一年、いえ、三年は費やすようにランスロー伯爵夫人に進言するわ。そのあいだにカレンがヒューゴ様に失望するよう仕向けましょう」

「グレース様ったら、悋気がすぎるとヒューゴ様が困ってしまいますわよ」

本気で言っているに違いないグレースの言葉を、ヴィクトリアが前向きに解釈している。そんな会話に微苦笑すると、「そういえば」と思いだしたようにヒューゴが告げた。

「ハサクはグレースの護衛より適任が見つかったから、俺のところで預かることになった。警護に近衛兵を増員する予定だ。問題ないか？」

願ったり叶ったりだ。しかし、ハサクの〝適任〟というのがいまいちカレンには思い浮かばない。女性を追いかけ回しているイメージしかないためだろう。

ヒューゴの頭を撫でつつ考え込んでいたカレンは、はっとわれに返った。

「私、そろそろ戻らないと。陛下もお仕事を抜けていらしたんですよね？」

「まだここにいる。俺は婚約者に会いに来たんだ。戻ったらまた閉じ込められる」

いやだ、と、ヒューゴがカレンの腹に抱きついてきた。駄々っ子だ。けれど、そんな姿もかわいくて、もっと甘えてほしいと思ってしまう。恋は人を堕落させるらしい。

「みんな捜してると思います。だから戻ってください」

訴えてみたが、ヒューゴは無言で拒否して両腕に力を込めてきた。カレンは口ごもったあと、躊躇いを振り切って口を開いた。

が、言葉が出ない。

もごもごと口を動かし、ようやく声を振り絞った。

「ヒューゴ様……っ!!」

名前を呼んだ直後、目がくらむような極上の笑みが返ってきた。

口づけようと身を起こす彼のポケットから、小さな紙片がこぼれ落ちる。

見覚えのある紙片は、カレンが戦地にいるヒューゴに送った想いの欠片だった。

彼の無事を祈り、怪我をしていないか、病気になっていないか、今なにをしているか、翼にのせて繰り返し送ったものだった。

「――さっきアントニオから届いたんだ。アントニオ・ブルーは辺境の鳥報係で、たびたび届く私信に戦意が削がれるのを心配し、途中から俺に渡さず保管していたらしい」

戦地にいるヒューゴの無事を祈っていたときの焦燥と絶望が、カレンの胸によみがえる。不安でたまらなかった日々を、自分を誤魔化しながら過ごしていた。

ヒューゴは紙の中から一枚を手に取った。

「いてもたってもいられなかった」

たった一言、小さな紙切れに書かれた言葉がある。

〝会いたいです〟

涙をこらえながら書いた字は、小刻みに震え、ひどく不格好だった。返事がなくて、安否すらわからず、それでも待つことしかできなかった日々。

「これから、何度もこういう思いをさせてしまうかもしれない。それでも、俺のそばにいてくれるか」

祈るようにつむがれる言葉に、カレンはくしゃくしゃと顔を歪めた。

「はい」

ヒューゴが起き上がる。差し出された腕に迷いなく飛び込んで、カレンはぎゅっと彼にしがみつく。柔らかく降ってくる口づけを受けていると、彼は安堵に笑みを浮かべた。

「実は、まだ正式ではないんだが申し出があったんだ」

「申し出？　なんですか？」

ちゅっと音をたて、軽くキスをしてからヒューゴが続けた。

「姉上が、お前の後見人に名乗り出たそうだ」

「待ってください。マデリーン様が私の後見人？　冗談ですよね？」

あんな恐ろしい人にくっつかれたら、心臓がいくつあっても足りない。

「姉上はお前をいたく気に入ってな。あと、宰相家も名乗りを上げたらしいから、後見人争いは他の貴族連中を退け、王姉と宰相家の一騎打ちになりそうだ」

「お、恐れ多いのでどちらも辞退させてください」

怖すぎる。権力の権化が後ろ盾なんて、存在だけで暴力だ。

「あきらめて選んでくれ」

愛おしげにささやいて、涙目のカレンに再び口づける。

「無理です、無理無理無理、む、ん……っ」

深く甘く口づけられて翻弄される。

恋人たちはそうして自分たちを呼ぶ声に引き離されるまで、愛をささやくのだった。

あとがき

お待たせいたしました、『王妃様が男だと気づいた私が、全力で隠蔽工作させていただきます！』の三巻のお届けです。

お久しぶりの皆様も、はじめましての皆様も、コミカライズで気になって原作を手に取ってくださった皆様も、ありがとうございます！　作者の梨沙です。

今回は二巻で名前の出てきた王姉マデリーンとカレンの直接対決の巻でした。ヒューゴとの関係も大きく前進し、グレースとの関係も変化、そして、お友だちが増えてますます賑やかに★　あ、本作の大公は公爵より上の地位で、公爵よりさらに王族との血縁が濃い設定になっています（つまり名門中の名門）。後見人争いは、王姉、大公妃、宰相家の三つ巴になっても楽しそうだと妄想していました（笑）。

素晴らしいまろ先生のイラストに癒やされつつの三巻、いかがだったでしょうか？　わくわく・ドキドキしていただけましたら嬉しいです。桂　実先生が担当してくださっているコミカライズもすごく素敵なので、まだ読んでいらっしゃらない方は、この機会にぜひチェックしてくださいませ！（全力応援）

二〇二二年八月　梨沙

IRIS
ICHIJINSHA

王妃様が男だと気づいた私が、
全力で隠蔽工作させていただきます！3

2022年9月1日　初版発行

著　者■梨沙

発行者■野内雅宏

発行所■株式会社一迅社
〒160-0022
東京都新宿区新宿3-1-13
京王新宿追分ビル5F
電話03-5312-7432（編集）
電話03-5312-6150（販売）

発売元：株式会社講談社
（講談社・一迅社）

印刷所・製本■大日本印刷株式会社

ＤＴＰ■株式会社三協美術

装　幀■AFTERGLOW

ISBN978-4-7580-9485-6

この本を読んでのご意見
ご感想などをお寄せください。

おたよりの宛て先

〒160-0022
東京都新宿区新宿3-1-13
京王新宿追分ビル5F
株式会社一迅社　ノベル編集部
梨沙 先生・まろ 先生